筆入れ大臣

後藤さとみ

鉱脈社

目次

後藤さとみエッセイ集

壱の章　筆入れ大臣　9

弐の章　ピンぼけ　67

参の章　ぶどうの棚の下で

肆の章　かなかなの茶わん

カバー・扉絵／題字　西村真悠子

筆入れ大臣

壱の章　筆入れ大臣

かまきり

雨上がり、夏の太陽に照らされた草が、むんと漂った午後のことだった。

小学校からの帰り道には、あちこちに水たまりができていた。

そこで、初めてハリガネムシというものを見た。ミミズに似ているけれど、漆黒の体の両端はとがり、強い意志を持った針金がのたうち回っているように見える。

その隣では、力尽きそうなカマキリが一匹、弱々しくカマを動かしていた。

「ハリガネムシ」

同級生の男の子がつぶやく。

「なにそれ」

「かまきりの腹の中にいるんだ」

「こんなに長いのが」

「大きくなって、腹から出てきたんだ」

ハリガネムシ……。この見たことがない生きものに対して、これ以上ぴったりな名前なんてないような気がした。

時を待って、意志を持って、宿主の命と引き替えに出てこようとしている、ハリガネムシ。かまきりの中で、かまきりから栄養をもらって成長し、挙げ句の果てにはその命を奪って、死と引き替えに外に出てくるなんて。これほどまでに、生と死が表裏一体のものだなんて。

これは、子どもだった私を震撼させる、一大事だった。一気にかまきりへの親近感が、遠のいていくのを感じた。しばらくの間、かまきりに出くわすたびに、あの凄惨で残虐とも思える情景が浮かんできて、

「この腹の中にも、ハリガネムシが入っているんだ」

と思うだけで、ぞわぞわした。正確に言えば、その中に入っているだろうハリガネムシが、怖かった。

宿主よりもずっとずっと長いハリガネムシは、水たまりを見つけ、くねくねと自由に泳いだ。

ヒトはあまたいる動物の中で、唯一、親の面倒をみる生き物であると聞く。

ヒト以外の生き物たちも、誰に教えられるともなく、子や卵を産み、育て、そして時には壮絶な「子別れ」をする。

ライオンが自分の子どもを崖から突き落とすというのは、本当だろうか。ペンギンのお父さんなんて、あの猛吹雪の中を何週間も立ちっぱなしで、卵を温めると聞く。

そういうふうに、初めからそうなるように本能で決まっていると言ってしまえばそれまでだが、動物たちは無償の愛で、いや、そんな概念すらないかもしれないけれど、命を懸けて子どもを守る。中には、淘汰されていく命もあるが、それすら定められた自然の摂理だ。

親は子を育ててきたと言うけれど勝手に赤い畑のトマト

という俵万智さんの短歌が、言い得て妙だ。

我が家にも、二つのトマトがなった。ある時期までは、すべての障害や困難や病気から守った（つもりだ）。また、あるときには、ライオンとまではいかないものの、鬼婆になって対峙もした。

けれど、いつのまにか、勝手に熟れて赤くなって、そしていなくなった。

四人で住んでいた家は、物音が少なくなった。たまに階段の下で、二階の子ども部屋に向かって名前を呼んでみるなんてばかなことをしてみるが、もちろん返答はない。「なに?」だの「んー」だの、生返事していたトマトたちの抜け殻が、静かに佇んでいるだけだ。

夫も出張続きでいないことが多いから、この頃はもっぱら『私と小鳥と鈴と』みたいな日々。文鳥が二羽。生意気だけど、口笛が鳴ると踊らずにはいられない、オスの「吉(きち)」。そして、何も考えていないふうな、メスの白文鳥「文(ぶん)」。

「おはよう、吉ちゃん、文ちゃん」

「行ってきます」

「ただいまあ」

「おやすみ」

子どもの二人は、それぞれの道へ。一人の時間が多くなったが、さびしいというのとは少し違う気がする。

一人目の長男のときは、切迫流産のおそれありで、三か月病気休暇をもらった。職場にはずいぶん迷惑をかけた。教頭先生は、書類作成で大変だったろうな。出産もかなりの難産で、輸血までするはめになり、まさに生死をかけた。そのときの傷が下腹部に残っていて、急に冷え込んだような日には、今切ったばかりというふうに、すぱすぱと痛む。

息子は小さいころには気管支が弱くて、よく病気になったから、年休もずいぶん取った。あまりの申し訳なさで、翌日は職場への道のりが遠かった。自分自身も看病のために寝不足だったから、こんなとき、家にいられるお母さんだったらなあと、何度思ったろう。当時（昭和の終わりごろ）は、子育て中の職員は少なかった。子育てに手厚い施策もなかった。

そんな気持ちを抱えながら走った、国道4号。時々、ふっとあの頃の自分を思い出す。病気の子どもを他に頼んで仕事に行くのは体の芯がかっと熱くなるくらい、切なかった。子どもには、やさしいお母さんとは思ってもらえなかったと思う。息子は大きくなってから、

「小さいころは、町で私の赤い車を見かけると隠れた」

と。ちょっと胸が痛んだ。また、母の日に買ってくれたハンカチを、突っ返してしまったこともあった。折り悪く、やんちゃ盛りの息子が、何か叱らなくてはならない類いのことをやらかした直後の、母の日のことだ。

「こんなのをくれるくらいなら、あんなことしないで」

ひどいことを言ってしまった。あのときに自分で刺した棘は、今でもかなしみを運んでくる。時は戻らない。六年経って生まれた二人目は、待ち望んだ女の子だった。あのころの私の年齢に近づこうとしている。

更年期歴、十年。体力の衰えは、確かだ。

休日も夜まで遊べなくなった。せっかく出かけても、夕方になると早くお風呂に入ってそれからワインをちょっと、と思ってしまうあたりからしてすでにアウトだ。ネオンの瞬く都会の夜が、好きだったのに。

休日にやりたいことが浮かばないのは寂しいと思っていたけれど、予定がまるっきりない休日が、実は最高だと感じられるようにもなってきた。ぽかぽかしたリビングで、ちょっと無理して買ったソファーに横になって、もこもこのフリースの毛布にくるまって本を読むつもりが、いつの間にかいねむり、なんて最高だ。

今ごろになって、なぜあのハリガネムシを思い出したのか、分からない。

かまきりの腹を破って、悠々と外気を吸いながら、水たまりの中で身をくねらせていた漆黒の針金。確かに意志を持って外界に出てきていた、あの虫を。

諸行無常。晩秋の空を染めゆく夕焼け雲のせいにでも、しておこう。

八代先生

小学校一年生の記憶がはっきりしているのは、八代先生のおかげかもしれない。先生との出会いに、恵まれた。

あとで伯母が語ってくれたことであるが、一日入学の夜、お風呂で伯母に一日入学の一部始終を語って聞かせ、いい先生に出会ってよかったと、言ったらしい。

そればかりか、保育園で一緒だった友達が何組になったかという、あらかたの情報を手に入れてきて、誰ちゃんは一組、誰ちゃんは五組と、とうとう語ったとのこと。当時は、自分のことをしっかり者だと思い込んでいた節がある。

年配だったが、八代先生は若いときにはかなりの美人だったことが子どもながらに推察ができる、凜とした顔立ちだった。

しばしば厳しく叱られたこともあったけれど、それは明らかによくないことをしたからだったし、納得のいくことばかりだったから、先生の言うことはいつも心にストンと落ちた。

あるとき、クラスに転校生がやってきた。垢抜けた都会風の男の子である。

授業参観のときには、「お母さま」とでも呼ぶのにふさわしい母親がこぎれいな格好でやってきて、精いっぱいのおしゃれをしてきた私の母親と、教室の後ろに並んで談笑しているのをちらりと見るだけで、なんだか鼻が高かった。

半ズボンにハイソックスという出で立ちの男の子は、身のこなしも垢抜けていた。標準語だったのか（当時は標準語と言った）、なまってはいなかった。しきりに、

「ボクは、ボクは」

甲高い声で話していたのが、耳に残っている。

私たちは、隣同士になった。

しかし、二人並んで座ったその席には、問題があった。二つ続きの机の蓋はぴたりとは合わず、どちらか一方が自分の机の端に合わそうとすると、反対側が飛び出てしまうという代物だった。先生に気づかれないように果てしない蓋合わせ合戦を、毎日のように繰り

広げていた。

小さな齟齬（そご）がやがて大きな塊となって、あるとき、とうとう机の蓋を巡る事件が勃発する。

いきさつは覚えていないが、結局けんか両成敗ということになった。二人とも教室の反対側にある、トイレの前に立っているように、と言われる。

さすがにしおしおとなって、どうしていいのか分からずに、思っていたよりもずっと広いトイレの空間を眺め回していた。

すると突然、男の子がトイレの渡り廊下一面に、小便をかけ始めた。大胆に、そしてまんべんなく。思いもよらない事態に、あっけにとられる。

そのうち、察知した先生が吹っ飛んできて、

「これは誰の仕業か」

と聞いたが、答えられなかった。

誰の行いなのかは、そこに二人しかいなかったのだから容易に検討がつくことだが、それは男の子がやりました、見てました、とは言えなかった。聡明な先生は、それ以上根掘り葉掘り問いただそうとはしなかった。

先生が指導してくれた図画やお習字も、愛情あふれる指導のおかげで、何度か賞をもらった。母親が畑仕事をしているところを、母親の股越しに描いた絵は、恥ずかしいほどの大股開きで、鼻の穴も、黒々としていた。母は、

「いやだこと」

と、不満そうだった。ひらがなで「わに」と書いたお習字は、父に気合いをかけられながら廊下の隅で泣き泣き立って書いた字だったが、先生が「わ」の丸めてはらったところが力強くていいと、ほめてくれたので、浮かばれた気がした。

先生は、おっちょこちょいを見抜いてくれた最初の先生でもある。また、子どもながらに持っていた邪悪さも、きちんと指摘してくれた。

あとから母に聞いた話だが、お弁当の時間、

「落としたご飯粒は、ちゃんと拾いましょう」

と先生が言ったときに、私は先生の顔を見ながら、落ちていたご飯粒を一つずつ潰したそうだ。恐ろしいかぎりである。今はそのような見上げた根性はない。母親は笑っていたが、とても笑えなかった。無邪気さの中に潜んでいた邪気には、覚えがあった。

先生は一年間担任してくれたが、翌年町内の他の学校に転任していった。私たち同級生三人は先生が恋しくて（意外に子どもは昔に執着する生き物だ）、夏休みのある日、連れ

だって先生の家を訪ねた。

家から歩いて十分。線路を隔てた住宅街の一角に、先生の家はあった。留守番をしていた先生のお母さんとおぼしき人が出てきて、先生は学校に行っている、帰りは夕方だと教えてくれた。

そのとき、何を思ったのか諦めて帰るべきところを、先生の赴任先の学校まで歩いていこうと決めた。きっと私が道を知っているとかなんとか言って、友達をそそのかしたのだと思う。何回か父の車で通ったことがある知った道だったので、道順には少し自信があった。

冒険者にでもなったかのような気持ちで、出発した。六キロ以上ある道のりを、じりじりと照りつける真夏の太陽を背に歩いた。途中で足が棒のようになって、田んぼに足をつっこんだ。さぞかし冷たくて気持ちがいいだろうと思っていたが、生ぬるかった。

そこで一息ついて、残りの一キロ半を歩き通し、目的の小学校にたどり着いたときには、もうすぐ五時になろうとしていた。先生は顔を見るなり驚いて、

「よーく来たねえ」

と言って、カルピスを持ってきてくれた。おいしかった。喉の奥に膜が残ったので、無理して飲み込んだ。

「もうすぐ、帰りのバスが出るから一緒に帰ろう」

先生が言った。学校の裏山からはカナカナカナという蜩の声がして、学校池の淀みはすでに、深みを増していた。

帰り道はあっという間だった。バスの後部座席で、先生と談笑しながら揺られて帰った。家族が心配したかどうかは分からない。家まで先生が送り届けてくれたように記憶している。叱られたという記憶は残っていないから、先生懐かしさに遙かな長い道のりを歩いていった子ども心に免じて、許してくれたのだと思う。今だったら、捜索願を出されるところだが、当時は親ものんびりしていた。

先生のきっぱりとした、そして、すっきりした物事の判断が好きだった。ずいぶん叱られもしたけれど、大好きだった。

今でも、あの教室が浮かんでくる。

教室の隣にあった、昇降口の匂い。窓辺に大きな体を揺らしていた、しだれ桜のごつごつした木の肌。参観日に後ろに並んだ母親をちらりと眺めては、うれしかったこと。シューズ入れに施されていた、自慢の女の子の刺繍。

それからの数年間、先生との年賀状のやりとりが続いていたが、中学校に入って自分のことに夢中になり始めたころ、自然に途絶えてしまった。そのころだったろうか。先生がご病気になられたということを聞いた。ちょっと胸が痛んだが、すでに先生との間には長い間の無沙汰が横たわってしまっていた。その後のことは分からないが、おそらく先生はもうすでに幽界の人になられていることだろう。

子どもに向き合ってくれる大人は、案外少ない。その数少ない大人たちから、子どもは大人が想像している以上のことを吸収する。おそらく同じ体験を共有しても、子どもの心に残っていくものは大人のそれとは違う。見えるものも、感じることも。

八代先生は、初めて出会った、本物の大人だった。

こゆきちゃん

人はなぜ「イヌ」を見たときに、あれは「イヌ」だと判断できるのだろうかという話を、読んだことがある。

ポメラニアン、ダックスフンド、プードル、土佐犬、柴犬。雑種にいたるまで、かなりの種類の「イヌ」が街中にあふれているというのに、それらをすべては「イヌ」というカテゴリーであると、すんなりと認識できるのはなぜだろう、と。

言われてみれば、不思議なことである。

小学生のころ、近所に町唯一の映画館があった。

表通りを一本入った小学校への近道となる坂の途中に、『三丁目の夕日』さながらの映画館があって、そこに同級生の女の子がいた。名前は「こゆきちゃん」。

家が近くだったこともあって、毎日一緒に遊んだ。こゆきちゃんが私の家に来ることが多かった。こゆきちゃんの家は忙しかったからだ。日暮れに夕ご飯の支度の匂いが漂ってくるという家ではなかった。むしろ、夕方からがかき入れ時だっただろう。

あるとき、珍しくこゆきちゃんの家に遊びに行くことになった。六月の梅雨の晴れ間の昼下がり。こゆきちゃんの家には、誰もいなかった。二人で映写機がチリチリと音を立てて回っているほこりっぽい映写室の中に、忍び込んだ。そして、カーテンの隙間から、まばらな観客と、およそ興味の湧かない映し出される映像とを、メロンシャーベットを食べながら眺めていた。

食べ終わったときに口の中が緑色に染まるシャーベットは、秘密を共有した者同士しか味わえないトクベツな味がした。もう五十年以上も前のことだ。

夏休みが終わって、秋の気配が漂い始めたある日。

こゆきちゃんが学校を休んだ。明くる日も、そしてその次の日も。

「こゆきちゃん、学校を休んでるんだよ」

母は何も言わなかった。いつもは、

「心配だねえ」

と、一緒に気にしてくれるのに。

すぐにでもこゆきちゃんの家に行ってみたいと思ったけれど、それはなぜかしてはいけないことのように思えた。しばらくの間、映画館のある近道を通らないで、表通りを通って学校に行き来した。

こゆきちゃんが学校に来なくなって、ひと月くらいたったころだったろうか。

そっと表通りを曲がって、映画館の家の前に立ってみた。そこには、まるで人の気配というものがなかった。扉も、ずいぶん前から閉まったままのようだった。来てはいけなかったという思いが渦巻いた。何が起きたのかは分からないけど、きっともう、こゆきちゃんには会えないと思った。こゆきちゃんとの時間が、ぷっつりと途切れた。


「ヨニゲ」という言葉を聞いたのは、それからずっとあとのこと。

意味はよく分からないけれど、きっとお天道様の下では言ってはいけないコトバ。大人のセカイのコトバ。だけど、私たち子どもの世界にもちゃんと関係があって、こゆきちゃんと会えなくなったんだということが、頭の中でぐるぐるしながら、つながった。「こゆきちゃんがいなくなった訳」と、「ヨニゲの意味」が結びついて、このとき初めて、体験を通して言葉を理解するということを経験したように思う。

映画館はもうとうの昔に取り壊されて、あの坂道には、震災で崩れかけた小さな喫茶店が、しばらくはお店を続けていたが、今は取り壊されて、更地になっている。

たまにあの坂道を通ると、こゆきちゃんのことを思い出す。

前歯が歯っ欠けだったこゆきちゃん。いつもげらげら笑っていたこゆきちゃん。名前のとおり雪のように色白だった、こゆきちゃん。さよならも言わずにいなくなった、こゆきちゃんを。

ペテン師

日曜、朝八時。

姉弟三人（私・弟・弟）と父が、勝手口に集合。そして、出かける。野へ、山へ。

春は、籠を持って山菜採り。夏は、虫取り網と虫籠を持って。秋は竹籠を背負って、栗拾い。冬は、トリモチを持って、小鳥を捕まえに。子どもの頃、父は、毎週のように自然散策に連れていってくれた。

いつも、なりゆき任せの散策だった。だから何の収穫もなかったとしても、近隣の里山でそれぞれに季節の匂いを胸に満たし、帰ってくることができた。

メインはやはり、夏の虫採りだったろうか。カブトムシ・クワガタの類いはもちろんのこと、蛇まで捕まえてきたことがある。

上の弟が、大きな木に巻き付いている大きな蛇を発見して、

「おとうちゃん、捕って」

と、せがんだ。

父も、そんな展開になろうとは思ってもいなかったと思うが、持っていた虫取り網を、蛇のしっぽの方にあてがってクイクイッと持ち上げてみたら、案外すんなりと収まってしまった。

青大将だった。太くて長い蛇だった。そのころ流行っていた怪獣映画の一場面に入り込んだような、冒険家になったような気持ちになる。おそるおそる初めて触った蛇は、みんなが言うように、生きているのにひんやりしていた。

父は獲物を、

「頭としっぽを持っていれば大丈夫なんだ」

と言って、自分の首に巻き付けてみせた。

父は理科の教員だったから、私たちは子どもながらにその「大丈夫」という言葉には信頼を置いていた。父が大丈夫だと言っているのだから、大丈夫。そう思いながら育った。

しかし、ずっと後になってから、それが父の口癖であったことが分かる。

何を相談しても、父からは、

「大丈夫だあ。やりたいようにやってみろ」

という返事が返ってきた。

だから、すでに自分の気持ちは決まっているのに、

「大丈夫だあ」

という父のお墨付きをもらいたくて、相談するようなところがあった。

実際のところはそんなに大丈夫ではない場合であっても、そう言われると、うまくいくような気がした。そうして、次の一歩を踏み出せたことが何度もあったように思う。まったくのペテン師である。


この蛇騒動には、続きがある。

首に青大将を巻き付けた父と三人のお伴の者どもが、足音高く家に帰ってくるやいなや、

「三郎（父の名）、返してきなさい！」

という、祖母の怒声が飛んできたからだ。

驚いた。それが私たちにではなく、父に向けた叱咤であったことに。大人の父が叱られるなんて。

鬼婆のような形相の祖母の前で固まってしまった四人の姿が、今でも映像のように浮か

んでくる。思い出は、ときどき不思議な客観性を帯びる。

私たち共犯者は仕方なく、うっそうとした森の入り口にこそこそと戻り、そっと蛇を放った。解き放たれた蛇も、解き放った父も、力が抜けてほっとしているように見えた。

うこぎ

母が、二人いる。

産みの母と、育ての母ではない。母親と、当時同居していた父の姉のことだ。

母は、パーマネントをかけて割烹着が似合う日本のお母ちゃんそのものだったが、嫁としての遠慮があったせいか、表向きにはあまり甘えさせてくれないところがあった。

ときどき、テレビに出てくるような母子のまねをしたくなって、大して甘えたくもなかったのに、

「おかあちゃーん」

座っている母の背中に、ぴったりとくっついてみたりすると、

「いやだこと」

すぐに、振り払われた。

するとおかしなもので、妙に傷ついて、

「うちのおかあちゃんは、冷たい」

「本当は、私はもらわれて来たのかもしれない」

「だから、優しくしてくれないんだ」

妄想はどんどん広がっていった。

もしも、山の中の橋の下で拾われたのなら、きっと田舎の方ではお母ちゃんではなくて、かあちゃんと呼ぶのだろうと妄想を広げ、

「かあちゃーん、かあちゃーん」

と押し入れの中に籠もって泣いていると、それを聞きつけた母がすっ飛んできて、

「何のまねだい！」

また、叱られた。


母には、娘が母親から教えてもらうであろうことを、出来不出来は別として、ひととおり教えてもらったように思う。

小学校の入学式の白いスーツは、若いころ横浜の洋裁学校に通っていた母の手作りだっ

た。上品な仕立ての一張羅。その時に被っていたベレー帽と靴は、伯母が買ってくれたものだ。

伯母は、昭和三十年当時には珍しかった女性公務員だった。父の収入だけで一家をやりくりしていた母とは違って、金銭的に少し自由な面もあったのだろう。

私たち四人きょうだいは本を買ってもらったり、お菓子を買ってもらったり、汽車に乗って近くのデパートまで連れていってもらったりと、いろんな刺激をもらって育った。

東京にツタンカーメンのミイラがやって来たときには、半日も汽車に揺られて連れていってくれた。その展覧会は、非常階段まで人であふれていた。

伯母は職場の同僚と旅行に出かけては、風鈴やこけし、人形などを買ってきてくれた。私が高校生になったころのお土産は、専ら茶碗だった。砥部の白、古久谷の深い緑、会津の富三窯など。

伯母は、汽車に乗って三駅行ったところの小学校に通勤していた。

帰りはいつも、六時半の汽車。帰ってくる時間を見計らって、毎晩、玄関脇の六畳間の押し入れの下段に「あんま屋さん」を開いて、伯母の帰宅を待った。

以前、職場のバレーボール大会でアキレス腱を切っている伯母が、いつも足が痛いと言っていたからだ。役に立ちたかったのだと思う（子どもは案外だれかのために何かしたい生き物だ)。

「肩もみ券」や「足もみ券」を作っては、伯母に渡した。その券を持って「あんま屋さん」に来てくれると、腕によりをかけて一生懸命に肩やら足やらをもんだ。伯母が気持ちいいと言ってくれようものなら、うれしくて仕方がなかった。

一時、弟が負けじと隣で別の「あんま屋さん」を開店したが、すぐに飽きてしまい、商売敵はさっさと姿を消した。

その伯母が、

「これは季節の味だ。ちょっとした苦みがうまいんだ」

と言っていたのが、うこぎである。

今でも、道路脇などによく見られる小木の葉。五月のころのうこぎの葉は、黄緑とも緑ともいえないその中間のきれいなぴかぴかした色で、柔らかく風にそよいでいる。

遊びに行った帰り道、うこぎの垣根を見つけると、スカートを広げては、葉を採った。ひとまとまりごとの葉っぱを枝から摘み取るのだが、この小木には小さなとげがあった。欲張っていっぺんにたくさん採ろうとすると、必ず仕返しをされた。

痛い思いをしながら集めたうこぎを抱えて、さぞかし伯母が喜ぶだろうと思って胸を弾

ませて家に帰ると、母が、

「伯母ちゃん、喜ぶよう」

すぐに、鍋にお湯を沸かしてくれた。

茹でてもらったうこぎは、熱湯の中でますますきれいな色になったが、ほんの一握りの
おひたしに変身してしまうのには、本当にがっかりだった。

戦果を評価されない戦士のような顔をしていると、

「これだけ採るのは大変だったね」

伯母が、ねぎらってくれた。それで、

「ちゃんと分かってくれてる」

と、機嫌をとり直すことができた。

鰹節を乗っけてひとたらしの醬油をかけたうこぎは、いい匂いがした。今でも、信号で
ふと止まった道路脇などにうこぎを見つけると、手を伸ばしてみたくなる。

筆入れ大臣

ノートに表を描くときは、きちんと定規で測って歪まないようにしていたし、もちろん、文字も丁寧に書いていた。

几帳面だ、と思いながら育った。

文房具にも、こだわりがあった。

鉛筆はあまりちびていなくて尖っているものが、五、六本。三角定規やコンパスも、筆入れの下の段に、きちんと収納していた。

筆入れを、たくさん持っていた。そんな私を、伯母は「筆入れ大臣」と呼んでいた。

机の二段目の引き出しには、毎回最高に考えあぐねながら買ってきた、選りすぐりの筆入れが十個以上は入っていて、宝物だった。

「次は、どの筆入れを使おうかなあ」

と考えたり、中身の入れ替えをしたりすることに、子ども時代の限られた持ち時間と、お小遣いのほとんどを費やしてしまった、と言っても過言ではないくらいだ。

特に、「水森亜土」という当時流行のイラストレーターが描く絵が好きだった。お茶目な女の子が描かれている下敷きや便せんをうっとりと眺めているだけで、幸せだった。

でも、文房具が好きなことと、勉強が好きということは、まったく別のことだった。


中学に入ると毎晩、夕食の箸を置くや否や、父の声が飛んできた。

「来なさい」

これは、これから数学の勉強を始めるからすぐに準備してきなさいという、おそろしい合図なのであった。

食後の展開が分かっているから、当然、食べる速度も鈍る。ますます箸が重くなる。他の弟妹はみんなさっさと食べ終えて、いつの間にか食卓からいなくなっている。

母が、片付けのスピードを上げる。

「早く、行きなさい。お父ちゃんが待ってるんだから。もたもたしてると叱られるよ」

と言うように。

母の所作はどちらの味方なのかを、はっきりと物語っている。

追い詰められて、皿の上にまだ残っているものを、噛まないで一気に流し込む。むせる。

「まったく、何やってんだい」

また叱られる。

まったくろくでもない負の連鎖であったが、悲しいかな、長女の私には反抗なんていう手段は、ハナから思いつかないのだった。

階段を上る（たぶん足取りは重かったろう）、部屋と戸を開ける。数学の教科書とノートを取りにきたのに、二段目の引き出しに手が伸びる。あまたの筆入れたちが私を誘う。瞬時に非常事態だったということを忘れ、しばし筆入れの魅惑の森の中を彷徨う。そうしているうちに、結構な時間が経過する。

「お姉ちゃん、お父ちゃんが待ってるよ」

父からの任務を帯びた弟が、やってくる。そうなるともう、最後通牒を受けた者のように、うなだれて階段を降りるしかないのだった（たぶんため息をついていた）。

父は、広告を小さく切った紙切れを、たくさん持って待ち構えていた。その紙にすうーっと、フリーハンドでタテとヨコの線を描いて、

「y＝2x＋3のグラフを描いてみなさい」

だの、

「切片はいくつだ」

だのと、矢継ぎ早に聞いてくるのだった。もたもたしている上に最初からモチベーションが上がらないから、基本の「基」も間違える。すると、

「こんな簡単なのも分からないのか」

と、怒号が飛ぶ。叱られるから、縮こまる。縮こまるから、思考回路完全停止状態に陥る。だから、また間違える。極限負のスパイラル！

父は、我が娘ながらなんという体たらくと、ますます怒りのボルテージが跳ね上がり（父は、中学の数学の教員でもあった）、事もあろうに近くにあった母の裁縫用の物差しで、ぴしっと愛のムチを加えるのだった。

これ以上ない窮地に追い込まれ、悶絶しそうなところへ、タイミングよく母がやって来た。

（おおっ、神の助け。さすがお母ちゃん、母は子の味方）

などと、うるうるしそうになっていると、

「おとうちゃん、物差しが割れるから、こっちにして！」

と言って、弟の竹刀を差し出すのであった。

「えっ！」

絶句していると、弟が自分の持ち物大切さに、

「やだあ」

と、だだをこねてくれたので、助かった。

筆入れは、しゅーんとしているように見えた。とがった鉛筆も、整然と並んだ定規も、

「実用には向きません、私たちは」

というような顔で、現実逃避劇を見ていた。

『少女フレンド』

『少女フレンド』と『マーガレット』は、子どものころの二大少女漫画だ。

どちらも毎週発売で、一冊七十円。毎日もらうお小遣いの十円を、まるまる一週間使わないで貯めるとちょうど一冊が手に入るという、すばらしい値段設定だったが、発売日がよくなかった。平日の火曜日。土曜の午後か日曜に発売してくれたらいいのにと、うらめしく思っていた。

家の三軒隣に町では一番大きな本屋さんがあって、たいていの本が手に入った。火曜日。学校から帰るや七十円を握って本屋さんにすっ飛んで行き、漫画の続きを、むさぼるようにして読んだ。

私は『少女フレンド派』。『マーガレット』は亜流だと思っていた。里中満智子さんという超有名な作者が描く、目玉の中に星がいっぱいの主人公が、素敵なドレスを着て泣いたり笑ったりしているのを読んでは、うっとりしていた。

　小学校への近道の細い坂道には小さな駄菓子屋さんがあって、そこには少しばかりの本も置いてあった。魅力的なことには、『少女フレンド』も。

　ある火曜日の昼休み。かねがねやってみたいと思っていた悪行を、ついに実行に移す。いっしょに学級委員を任されていたNさんとUさんと三人で、上履きのまま学校を抜け出した。駄菓子屋さんまで一目散に走り、あっという間に『少女フレンド』を手に入れて、数分の後には教室に戻っていた。そして三人で頭をつきあわせるようにしてページをめくっては、お目々がキラキラ輝く世界に浸っていた。

　あとで考えると、小学生のくせに生意気でまったくろくでもなかったと思う。先生が気が付いていたら先生の方が気落ちしていたかもしれないから、先生の幸せのためにもばれなくてよかったと思う。

　この大切な愛読書は、本棚に置かれることはなかった。漫画を本棚に並べることは、何となく憚(はばか)られた。子どもなりの危機管理のアンテナが「シカラレル」という信号を送っていたからだ。

中学校に入学すると同時に父は、
「中学生になったのだから、こういう本も読めるな」
と言って、集英社だかどこだかで出した文庫本サイズの文学全集を買ってくれた。夏目漱石の『こころ』が、第一巻。黄緑色の布製のハードカバーの本で、おまけに木製の本箱（足もついていた！）まであるゴージャスなワンセットが、机の上に恭(うやうや)しく鎮座した。

残念なことに、難しすぎた。まず、単行本サイズというのになじめなかったし、明朝体にも抵抗があった。

今のように、ヤングアダルト的な本がとにかくなかったころのことだ。小学生になじみの感動ものやハッピーエンドの物語から、いきなり漱石は高すぎた。一ページ目から完敗だった。

『少女フレンド』は、机の下あたりに隠し持っていた。誰かが部屋にやってくるような気配がしたときには、きっと誰もが経験があるように、パッと隠して違うモノにさっとすり替えることができるように、スタンバイしていた。

『少女フレンド』のもう一つの魅力は、ザ・タイガースの写真がたくさん載っていたことだ。毎週ジュリーの写真が載っているページを切り抜いては、きれいなお菓子の空き箱の中にしまっていた。宝物だった。

中学校入学間近の、ある日の夕方。それを全部お風呂の焚き口に突っ込んで、燃やした。子どもながらにそうしなければならないと思い立ったからだ。

箱にしまっておいた写真を、一枚一枚焚き口に入れる。ジュリーの笑顔と白くてきれいな歯は一瞬にして燃え上がり、サンダル履きの足下を照らしてたちまちのうちに色彩を失い、薄い灰になって、崩れた。

今思えば、何もあんなにきれいに全部燃やしてしまうことなんかなかったのに、あの悲しいくらいに律儀な儀式は、何だったのだろう。

『少女フレンド』とともに流れた、子ども時代との決別だったのだろうか。ほっぺたを赤く染めて、焚き口の前にしゃがんでいた自分の姿が浮かんでくる。

あとつぎ

中学校に入学し、まったくのリサーチなしで入部した陸上部は、一〇〇パーセント生徒のやる気次第という、ある意味では自立したすばらしく自主的な部活動だった。

部員は全部で五、六人。すべて女子。そして、陸上部にして、全員が肥満していた。

その時点でこの事実がどんなことを物語っているのかを察知すべきであったが、入学したての過剰な意欲のなせる技のせいか、冷静な判断力というものを欠いていた。

入部するやいなや、アースラー（リトルマーメイドに出てくるおっかない海の魔女）のような親分格（とりあえず部長だったようだ）が飛ばす、

「ああしろ、こうしろ、次はあれな！」

という、ほとんど難行苦行とも言えるような練習メニューを、

「さすが、中学校は違うなあ。半端じゃない」

半ば感心しながら、必死にこなしていた。

四〇〇メートルトラックを十周。それが終わると、すぐに体育館の中での、サーキットトレーニングが待っていた。特に、体育館の壁面に取り付けられた棒にぶら下がったままでの数分間が辛かった。これは何の筋肉を鍛えるための運動なのだろうと思いながら、頭に血が上っていくのを感じていた。

アースラーとうつぼのような取り巻きたちは、その脇で車座になり、何がおもしろいのか、ときどき、

「あっはっは」

おばちゃんのように手を打ち、大声で笑いながら、眉毛や前髪の手入れに余念がなかった。

新入りがちょっとでも休憩をとろうものなら、

「気ィ抜くな」

すかさずに檄を飛ばしてきた。動体視力には優れていたらしい。

入部して三日目。大量の鼻血が出た。

鼻の穴からでは間に合わなくて、口からも出た。出てきたのは口からだけど、血は鼻の

奥から回ってきているのだからこれはやはり鼻血と言うのだろうと、洗面器にいっぱいになった血を眺めながら、診断を下すときのお医者さんのように腕組みをしながら考えていた。

次の日も、そのまた次の日も、帰宅後の流血が続く。

そのころになってようやく、自分で選択し意気込んで入った部活が、どうやらまっとうな部活動ではなかったということが、分かり始めた。

鼻血をこっそり処理しようとしていたら、母親に見つかった。

見つけてもらってよかったと思った。両親がそろって、

「辞めなさい」

と、言ってくれたので、助かった。親に辞めろと言われてうれしかったのは、このときりだ。

次の日、アースラーに、

「辞めます」

と、言いに行ったときは、例の取り巻きたちもいて、なんだかんだと凄まれたのだったが、理不尽な現実からの脱却のための必要不可欠な通過儀礼だったので、堪え忍ぶしかなかった。

しばらくの間、廊下ですれ違ったときなどに舌打ちされて不快な思いをしたが、アースラーたちに遭遇する機会も次第に減り、そのうちに卒業していなくなった。廊下が広くなった。

当時の中学校の部活動は、全員加入制ではなかった。よい時代だった。顧問の先生も今よりはずっとのんきにしていられた時代だったと思う。放課後の自由を再び手に入れた。小学校の空気がいったん戻った。

そのころ通学途中の路地に、手芸屋さんが開店した。

昭和四十五年当時、田舎まちに手芸屋さんは珍しかった。東京から引っ越してきたという標準語を話すちょっと太った愛想のいいおばさんが店主で、お店の中にはいつもおばさんが淹れたコーヒーのよい香りが漂っていた。

そのお店で毛糸などの材料を買っては、奥の小さな座敷で作り方を教えてもらった。そこで出されるお菓子も、学校帰りの中学生には、魅力的だった。町では買えないような東京の味がするお菓子にもつられて、連日の手芸屋さん通いが始まる。

それまで編み物などしたことがなかったが、おばさんが手取り足取り教えてくれたおかげで、ビギナーにして母親でさえとうてい作れないだろうという、ニットのワンピースを短期間で作り上げてしまった。

　目玉焼きしか作れない素人が、一気に会席料理を作ってしまったぐらいの勢いだ。今思えば、九割はおばさんが作ったものだったと思うが、自分で作ったと勘違いさせてくれたところは、さすが商売人である。

　その後は、お小遣いの一切をつぎ込んで、手芸一直線の道を歩むことになる。そして二か月後には、誰もが欲しがるようなクラフトテープを編み込んで作る金属製のバックルまで付いたハンドバッグを、いくつも作り上げていた。

　完成した作品を、まず母親と担任の女の先生と伯母にあげた。みなびっくりしながらもおおげさに喜んでくれた。

　ほめてもらい気をよくし、さらに手芸道を邁進していったのである。いったん出来上がってしまった作品には、ほとんど執着がなかった。制作意欲が満たされるだけで十分だった。

　手芸屋さん通いが始まって、一年ぐらい経ったころだったろうか。

　成績がガタンと落ちた。当然である。寝る間も惜しんで手芸に没頭していたのだから、勉強などしている暇はなかったのだ。

　それまでは寛大な気持ちで泳がせてくれていた父親も、いよいよ機は熟したりとばかり、

「当分の間の手芸屋さん通い禁止令」を発令した。バッグを貰って喜んでいたはずの母親は、どちらの肩を持っているのか、隣でうんうんうなずいていただけだった。

辞めろと言われて辞められれば、世話はない。「やめろと言われたら、よけいに燃え上がる」と、ヒデキも歌っているではないか！

かくして、手芸屋さんへのコソコソ通いがスタートする。どんな嘘を言ってごまかしていたのかは忘れたが、母親にはお見通しだったと思う。

一策を講じて、定期テストの前には、手芸屋さんのこたつで勉強させてもらったこともある。コーヒーや紅茶の馥郁（ふくいく）たる香りに包まれて勉強するのは、とても垢抜けていた。

三年生になったばかりのある日のこと。

いつものようにおばさんのお店で手芸に勤しんでいるときだったと思う。おばさんが、やけにナチュラルな口調で、

「この店のあとつぎにならない？」

と、言った。おばさんが独り者で子どもがいないことも知っていたので、うろたえた。

確かにこういう暮らしもすてきだとは思うけど、それは本来の希望とは違う世界のものだからこそあこがれるのであって、幼稚園のころから学校の先生になると決めているのに、

このままでは人生が変わってしまうかもしれない、という危機感と現実が押し寄せた。一気に目が醒める。以来、手芸屋さん通いはパタリと止んだ。あれほど入り浸っていたのに。おばさんに合わせる顔がなくて、お店の前を通らないで家に帰った。かくして、私の手芸狂想曲は、あっけなくフィナーレを迎えた。

でも、おばさんのお店に行かなくなった分の時間が、そのまま勉強へと移行したかというと、全然だった。今度は合唱部に入って、夕日の見える学校の中庭で、背の高いテノールのG君に恋をしながら、コンクールの練習に精を出していた。

振り返ってみると、あのおばさんに教えてもらったことが、その後の私の創作人生のベースになっていることは確かだ。刺繍を始めるにもセーターを編むにも、ワンピースやスカートを作るにも、最初から初心者の領域を越えたものを作りたくなってしまう。基礎基本もないのに根性さえあれば何とかなると、いまだに勘違いしている向きがある。もう自分一人で作ったのよと思わせてくれるおばさんはいないのに。

材料費だってばかにならないから、絶対に失敗は許されない。暗号みたいな編み目の記号も、何とかして解読しようと努力する。数学の応用問題にはすぐに白旗を揚げるのに、ロゼッタ・ストーンを解読したシャンポリオンにでもなったかのように、複雑極まる編み目記号やコンシールファスナーの付け方などの謎解きに、熱中した。

さすがに、一メートルあたり夏目漱石が四人くらい集まらないと買えないリバティのタナローンにハサミを入れる勇気はなくて、ユザワヤの袋の中に収まったままなかなか来ない出番を待っている。このままでは小花柄が似合わない年齢になってしまう。

ちょっと前には、がま口が付いたペンケース作りにはまった。こんなに簡単にがま口付きのペンケースが作れるとは思っていなかった。調子に乗っておだてられるまま三十個ぐらい作り、周囲に半ば強引に配って回った。

あれから五十年。あの手芸屋さんのおばさんの年齢になりつつある。

ときどきあのときに「イエス」と答えていたらどうだったろうと考える。もしもあのときという人生のターニングポイントはその後も数回あったけれど、そんなときには必ずさだまさしの『主人公』という曲のイントロ部分が、頭の中に流れ出す。

「チャーラー　ラララ　ラララー」

浮かんでくるのは、大学生のときに体育の授業で一年間だけ通った「たまプラーザ」の駅前のロータリーの、ポプラ並木。当時はしゃれたパン屋さんが一軒あるきりで、駅前の広場は広々としていた。見上げると、不似合いな高速道路が郊外ののんびりした風景を分断していた。

先日、物置を片付けていた九十を超えた母親が、少々型崩れした件のバッグを引っ張り出してきた。渋い藍色のバッグだ。バックルの部分は少しさびが付いてしまっていたが、母親は磨いてみるつもりでいるらしい。

「覚えてる?　中学生のときに作ったんだから、すごかったよねぇ」

どうやら、禁止令のことは忘れてしまっているらしいと思っていたら、

「あとつぎにならないかと言われて、びっくりして逃げ出したんだったよね」

ふふふと、笑った。

おっちょこちょい

子どものころから、しばしば階段を踏み外しては、あちこちにアザを作っている。その主な原因は、二つ。まず、近眼であること。しかし、それをはるかに凌ぐ最大の要因は、おっちょこちょいだ。

「おっちょこちょい」。ニュアンス的にも状況をよく表しているなあと、つい感服してしまうような、あっぱれなことばである。

昔の実家の階段は、リビングの一角に突き出たような造りになっていた。設計した父が、誰がどこにいるのか分かるようにと配慮して、そういう間取りになったということだ。

しかし、それは階段から落ちたときのドスンという音が、すぐに台所の母に耳に入ってしまうという、欠点にもなっていた。

「うわー、今度はお尻を打っちゃった……」

という痛みよりも、

「お母ちゃんに叱られる！」

という恐怖の方が、数段勝っていた。だから、物音を聞きつけた母が台所から階段下まで急行してくる間に、何ともなかったという体勢を作っておく必要があった。

案の定、ピキッという怒りのマークをこめかみの辺りにくっつけた母がすっ飛んできて、

「また、あんたかい。あんたは、危なっかしくて仕方ない！」

と言っては、

「はーっ」

ため息をついた。

階段から落ちたのだから、大なり小なりそれ相当の身体的ダメージを受けているというのに、その上母親に叱られてため息までつかれるという、メンタル面のダメージまでおまけについてきた。

小学校一年生の算数の時間のことだ。

テストをさっさとやり終えた私は、頼まれもしないのに進み具合の悪い同級生のところに行っては、解き方を教えて回った。これはおっちょこちょいではなくて、おせっかいで

ある。果たしてテストの結果は、私一人だけが、〇点。友だちには、問題のとおり「足し算」のやり方を教えて回ったのに、自分のにはなぜか、「引き算」で答えを書いたという話を、大人になってから母から聞いた。

頼まれもしないおせっかいに精を出して、肝心なことが疎か。実はこういう類いの経験は、これ以外にもずいぶんある。

続けて母は言うのだった。

「まったく、担任の先生というのは、よーく見てるもんだねえ」

「何を?」

「だって、毎年担任の先生が代わったのに、どの通知表にも『早合点なところがあって』って書いてあったよ」

ひえー、確かにそうだ。

思い出した。あった。書いてあった。「早合点」も「おっちょこちょい」も、考えが浅はかだということ。ごもっとも。唯一実家に残っていた通知表を見せてもらったら、「早とちりなところがあって」とはっきりと書いてあったのには、まいった。

東京の大学への進学が決まったとき、上京する私を前にして、真顔で母は言った。

「いいかい、東京には階段がいっぱいあるんだから。そして、すごく長いんだから。落っこちたら、死ぬんだからね」

東京駅の長ーい階段やエレベーターを想像する。

母は続ける。

「階段を降りるときには、『私は今、階段を降りている、降りている。』と自分に言い聞かせながら、降りなさい」

以来、この母の教えを胸に、約半世紀を過ごしてきたが、五年ほど前、真夏の真夜中。家の階段から落ちた。階段の一番上から一番下まで、全部クリア。夜中にトイレに行って、寝室に戻ろうとして方向を間違え、ドアを開こうとした右手が空を切った。そうしてまるで意志を持たない人形のように、頭から真っ逆さまに落ちた。寝ぼけていたので落ちたという実感がなかった。

しばらくして気がついたとき、まず目に入ったのは、父の遺影。とすると、ここは一階だ。さっきのドンドンドンという感じと、頭がじーんと痛いのは階段から落ちたからだということがだんだん分かってきた。暗くて見えないが、手にべっとりついている液体は、鉄分の匂いがするから、血だろうと見当がついた。とっさに母の顔が浮かんだ。今度こそ、本気で叱られると思った。

起き上がって、電気を点ける。まずは、推理ドラマのごとき流血の現場を隠滅せねば。アドレナリンのなせる技で、せっせと復旧に取りかかる。床はトイレットペーパーと雑巾で、きれいに掃除した。

次に洗面所へ。自分の顔に起きた変化の確認をする。額は五センチぐらい斜めにぱっくり開いている。鼻は右の方にねじ曲がっている。もう化粧でどうのこうのという範疇は超えたな。これは、十中八九手術になるだろうと判断する。

とりあえず額を止血し、引き出しにあった紙テープで傷口が開かないように固定した。次に、鼻に腫れ防止のための「冷えピタクール」を貼りつけた。

そうしてさっきは猛スピードで転がり落ちてきた階段を、今度は一段一段踏みしめるようにして二階に上がり、暗闇の中でベッドの上に、ちんと正座した。

疲れたと言って眠りについた夫の寝息を聞きながら、起こしてよいものやらと思案する。しかし、このあたりで尋常ではないくらい頭が痛み出してきたので、思い切って夫を揺り起こした。

夫は、赤や黄色や紫と色彩が豊かになった顔を見るなり、

「ふわああっ」

おかしな声を上げ、

「大丈夫？」

と聞いた。思わず、

「うん」

と答えてしまったので、夫はまた寝てしまった。

明け方、再び夫に声をかける。

「あのお、こんなになっちゃって、ずいぶん痛いから、病院に連れてってほしいんだけど」

「やっぱり？」

妙に明るめの返事とともに、夫は、飛び起きた。

職場では、首から上のけがは即救急車！　などと言っている割には、自分のこととなるとからきしだめなんだと思った。幸いなことに、寝ぼけていて体に余計な力が入っていなかったせいか、額の裂傷と鼻骨骨折と全身打撲で済んだ。

担当の看護婦さんから、

「交通事故より、家の中で階段から落ちて亡くなる人の方が多いのよ。しかも、半分の人は脳挫傷や下半身不随。あとの三割も大きな骨折、あなたはキセキ」

と、叱咤激励された。

この事件を、実家の高齢の母には内緒にするように周囲に頼んでおいたが、さすがに二週間以上も顔を見せないことに親の勘が働き、露見してしまった。鼻骨骨折の整形の手術がすぐに受けられず、おまけに脳しんとうのせいで平衡感覚がおかしくなって、自宅のソファーに横になっていたときに母親がやって来て、

「ああ、やっぱり。こんなことじゃないかと思ってた」

オレンジ色や紫色に染まった腫れ上がった顔を見て、泣いた。申し訳ないことをしでかして、年老いた母を悲しませてしまったと反省した。

退院後、鼻のギプスを外しに行ったとき、元どおりに鼻を整形してくれた整形外科の担当医師が、

「こんな顔の方だったのですね」

とほほえんでくれたくらいだから、事故当初はずいぶん変形していたようだ。それから腫れの引くまでのひと月、顔の左右を分かつ「にわかスフィンクス」みたいな鼻がそびえて、妙に落ち着きが悪かった。

この一件から、家の階段には転倒防止のための手すりやら滑り止めやら、物の動きを感知してピカッと光る電気までついて、一気に高齢者仕様となった。

しばらくの間は階段を降りるのが怖かったが、もう今では何ともない。

「二階で寝たら」

娘もとりあえず心配してくれてはいるが、そういうつもりはない。のど元を過ぎれば何とかである。しかし、額に残るハリーポッターのような斜めの傷が、おっちょこちょいはほどほどにと、ときどき戒めてくれている。

マイブーム

小学校の六年間。

「人前では決して泣かない」という決意を守り通した。自分なりの矜持のようなものだったと思う。

だが、たった一度だけ、この誓いが危うくなりそうなことがあった。

小学校三年生のときのこと。家で読んでいた物語の本の続きが読みたくて、学校に持っていった。それを、読書などは絶対にしないであろう同級生の男の子が目敏(ざと)く見つけて、突然優等生に変身し、

「学校の勉強に使わないものを持ってきている人がいます」

声高らかに、先生に訴えた。

それまで、罪人のように糾弾されるという経験がなかったので、大いにうろたえた。担任の先生は、確かに学校の勉強には直接関係のないものだけれど、心を豊かにするためには大切なものだというようなことを、急に優等生になった男の子に言って聞かせてくれた。勉強に必要のないものを勝手に持ってきてしまったという罪悪感と、子どもながらの意地のようなものがごちゃまぜになって、すんでのところで涙がこぼれそうになった。

小学生として「いっちょ前」になったと思い込んで、生意気盛りになっていたころだった。今にして思えば、あのとき出っ張りかけていた私の鼻先を、あの男の子がへし折ってくれたのかもしれない。

昭和四十年ごろ。教室の机のあちらこちらには、薄っぺらなセルロイド（昔はプラスチックとは言わなかった）のペンケースが置かれるようになっていた。入学のときに買ってもらったあの二段式のマグネット式のかさばる筆入れが、子どもっぽく思えてくる時期だ。

文房具にはこだわりが強い方だったので、流行に乗って、淡い黄色のものを買ってもらった。ペンケースは薄っぺらであるので当然収納力には乏しいが、見た目がコンパクトなところが大人っぽくて、なんともおしゃれだった。それゆえに、ランドセルの中で揺られているうちに鉛筆の芯がケースの中を行ったり来たりして、ペンケースの内側が汚れてしまうのが残念で仕方なかった。

そこで、ケースの内側にちり紙（当時はティッシュなんて言わなかった）を丁寧に折りたたんで入れるというアイディアを考えついた。実際に試してみたが、すぐにちり紙がよれたりずれたりして、落ち着かない。母がきれいに折りたたんでしまっておいた包装紙の中から、自分の好みに合うものをもらってきて中敷きにしたけれど、かわいい絵柄が鉛筆の芯で汚されてしまうのがしのびなく、何か他に良い方法がないかと思案していた。

かくして、切なる願いが叶う日が訪れる。

母親の鏡台の扉の中から、もうこれ以上のものはないと思われる中敷きとしてのすべての条件を兼ね備えた代物を、発見。見た瞬間、この中敷きはまるでペンケースを図ってオーダーメイドしたかのように、ジャストサイズだと分かった。中に敷いてみると、ぴったりと収まった。

さっそく鉛筆を横たわらせる。鉛筆たちはふわふわのふとんの上に寝かされて、何やら気持ちよさそうだ。この代物には適度な厚みもあったので、鉛筆を取り出すのにも大変都合がよかった。すべてにおいてパーフェクトだった。おまけに四方が薄いピンク色で縁取られていて、乙女心も十分に満足させてくれた。

翌日。教室中に、この夢のような中敷きを自慢して回った。友達がどんな反応を示したかは覚えていない。ようやく完成したマイワールドに、すっかり夢中になっていた。毎時間、ペンケースを中身が見えるように机の上に置いては、まるで垢抜けた美少女気取りで、大好きな国語のお勉強や、苦手だと自覚し始めた算数の計算をしていた。

そして、このふかふかの中敷きが薄汚れてくると、母が密かに隠し持っているこの代物を鏡台からこっそりと一枚もらってきては、交換していた。

何も言われないのをいいことにこのマイブームは、しばらくの間続いていたように記憶しているが、母親は気がつかぬふりをしていただけかもしれない。

五年生になって、密かに女子だけが別室に集められて、内緒の話を聞いた。まもなく私たちの体に予想だにしなかったことが起こると聞いて、心底、驚いた。そして、人間も動物なんだとこのとき初めて実感した。

しかし、それよりも何よりも、驚愕のあまりひっくり返りそうになったのは、あのこよなく愛し、半ば優越感に浸りながら友達に見せびらかしてまわったものが、実は生理用品だったということだ。

くらくらした。くらくらするあまり、肝心な秘密のお話はまるで耳には入らなかった。

よく思い出してみろ、あのペンケースの中敷きを、生理用ナプキンだと知っていた友達はいなかったろうか。担任の女の先生が見つけて、変だと思わなかったろうか。あらまあ、いやだと思わなかったろうか……。

しかし、全部過ぎたことである。どうしようもないのである。このこともひっくるめて丸ごと忘れたことにするしかないのである。かくも「おっちょこちょい」歴は、長い。

弐の章　ピンぼけ

湘南新宿ライン

車を替えたら、最新のナビが付いてきた。

しゃれた声で、

「地図更新の準備ができました。更新ボタンを押してください」

などと、のたまう。言われたとおりクリックすると、

「北九州のどこぞのジャンクションが、追加されました」

また、きれいな声で言ってくれるのだが、東北の田舎暮らしには、まったく行くあてもない、異国のことのようだ。

しかし不思議なもので、九州と聞いただけで、まだ訪れたことのない北九州の福岡辺りの風景が浮かんでくる。

川っぷちに並んだ、博多ラーメンのお店。豚骨ラーメンの上に山盛りに盛られている紅ショウガ。今は絶対にないであろう「ボタ山」や、映画『青春の門』で体当たりの演技をした大竹しのぶ。そしてやはり、「東風吹かば〜」の太宰府天満宮の梅の木と、梅ヶ枝餅という具合に。マスメディアの受け売りの妄想が、どんどん膨らむ。

私が住んでいるのは、天変地異と人災のために一気に有名になってしまったところだ。東日本大震災以前に、九州の方に「白地図で福島県を染めてください」と問題を出したら、きっと染められない方も大勢いたことと思う。

反対に、高校の修学旅行で行った姫路より西に行ったことがないからか、四国や九州の地図には、自信がない。これまた何の根拠もないことだが、西の方には私よりずっと意志の強いお方が多く住んでいらっしゃるという、勝手なイメージがある。

固定観念。

残念ながら、柔軟な思考で対応することが不得意な方向に傾きつつあることは確かだ。新しい情報が付け加わったときには、その新鮮な一滴がもたらした最新の感じによって、何かがふっと活性化するような得をしたような気持ちになるけれど、長持ちせずに瞬間の感動で終わってしまう。

同じ情報を二回、三回と聞いて、そのたびに、

「へえー」

と頷きながらも、片方で、

「あれ、前にも聞いたかも」

古くなった蛍光灯がようやく点灯したかのように、古い記憶がじわじわと時間をかけてよみがえってくることがある。

かくして、本棚に同じ本が三冊も揃っていたりする。内容にいたく感動して二冊買って、知人などに貸していた本が手許に戻ってきたものを除いたとしても、自分用として求めたものが確実に二冊あることになる。

先日も自分好みの本を見つけて、即購入したものの、途中まで読んだところで、あれっと思った。嫌な予感がして、本棚をざっと見渡してみたら、同じものがあった。これでは単行本をけちって、文庫本にした意味がないではないか。そもそも手に取った時点で、なぜこの表紙には見覚えがあると気がつかない！　ぱらぱらページをめくったところで、なぜ同じストーリーだとぴんとこない！　マンガなどで、落ち込んだ状態を表すときの「ガクッ！」というのがあるが、まさにこれだと実感する。

本棚には、このようにして重複して買ってきてしまった本が、少なくとも三セットはあ

る。本棚は階段を上った正面のところにあるので、二階に上がるたびに嫌でも目に入る。『日本の道徳』などというかなりしっかりした装丁の本が、堂々と二冊並んでいるのを見るたびに、複雑な思いがする。

こういう始末だから「湘南新宿ライン」が、頭の中の地図に上書きされない。

例えば、横浜に出かけるとすると、ルートはこうだ。東京駅までは新幹線。あとは東海道線か横須賀線に乗り換えてというように、頭の中には卵形の山手線のお尻から、左下に向かって延びる線の延長上に横浜があるという路線図しか、浮かんでこない。

スマホのアプリで検索すれば、目的地に着くための経路が安・楽・早で出てくるというのに、いざというときにそういうツールがあったことすら浮かんでこない。ツールという選択肢があること自体、もともとインプットされていない。渋谷駅で電車待ちをしているときに、この大都会の渋谷を完全無視してスマートに通り過ぎていく湘南新宿ラインを見ては、やられたと思う。これまた「ガクッ」である。

それなのに、である。ひょんなことからタブレット端末を買ってしまった。

使っていたスマホのバッテリーが予定どおりにぴたりと二年で壊れ、新しいものに交換せざるを得なくなった。お店で時間つぶしに使っていてくださいと最新機器が手渡されたのがいけなかった。お店のお姉さんには、葱をしょっている鴨に見えたらしい。買ってしまったのだから使わにゃそんそんと、さっそく月刊誌をダウンロードして読んでいたら、気分が悪くなった。スクロールで目が回ったらしかった。落とし穴というものは、本当に意外なところにあるものだ。

子どものころは、乗り物という乗り物には、ことごとく酔っていた。

せっかく出かけた学習旅行でも、バスの中で一人ビニール袋を抱えてぐったりしていた。そして、結局どこも見学できずに帰った。クラスのみんなが飯盛山を見学したあとに買い込んだ木製の刀などを振り回しているのを尻目に、早く家に帰って横になりたいですと、ひたすらに神様・仏様にお願いしていた。

ブランコもだめだった。遊びに来た友達は、

「いいなあ、家にブランコがあるなんて」

しきりにうらやましがっていた。

子どものためにと喜んで作ってくれた父には悪いと思ったけれど、なんでこんなのが気持ちいいんだろうと思っていた。遊園地のコーヒーカップなんて言うまでもない。回転地獄である。

一度、このブランコから落っこちたことがある。

中学校一年生のとき。これから先生が家庭訪問にやって来るというときだったから、おそらく平常心を欠いていたのだろう。ブランコを漕いでいるうちに変に力が入ってきて、ギュンギュンと勢いよく漕いだ。みるみるうちにブランコの振幅が大きくなり、振幅は最高潮に達し、ブランコの椅子がブランコの上の棒と同じ高さになったときだ。手が滑って、背中から地面にたたきつけられた。

しばらくの間、息がつけなかった。吸うことも吐くことも、できなかった。これで死ぬんだと思った。どうせ死ぬのならせめてふとんの上でと、部屋に戻って敷布団を敷いていたら、ようやくほうっと息がつけた。相当な長い時間のように感じたが、実際は短時間のうちに立ち上がり、家の中に入って布団を敷くという、素早い行動に出ていたらしい。母親に知れるとまた、

「あんたらしいことをして！　危なっかしくて仕方がない」

と、叱られるのが分かっていたから、数分後には何事もなかったような顔をして、母親の脇にちょんと座って、家庭訪問を受けていた。

地面にたたきつけられた痛みは背中に張り付いたように残っていたし、おまけに落っこちて立ち上がろうとしたときに、ちょうど振り子のように振れて戻ってきたブランコの

椅子が頭に激突して（こっちの方が痛かった）、できたたんこぶがじんじんと痛んだので、家庭訪問での話は何も覚えていない。

話はだいぶ脱線してしまったが、要するに湘南新宿ラインとタブレット端末は、今のところまったく使いこなせていないということにおいて、共通しているということだ。

スイカだの、パスモだのにも、微妙な棲み分けがあるのが面倒であるが、改札口でのあの「ピッ」は、田舎者の私には「カ・イ・カ・ン」なのである。

匂い

紅白帽子が届いた。

落とし物だが、名前が書かれていない。サイズからして低学年だろうと見当がついたが、如何せん、誰のものか分からない。

困ったと話しているところへ、三年生の女の子と男の子が入ってきて、目敏く帽子を見つけた。

「落とし物ですか」

目を輝かせている。子どもは、非常事態が大好きなのである。

「誰のか分からなくて、困っている」

と言うやいなや、帽子をひったくって、やおら匂いをかぎ始めた。そして、あっという

間に鑑定を終え、自信たっぷりに、

「○○君のです」

異口同音に言った。半信半疑、匂いの主とされた子どもに確認してみたら、まちがいなかった。驚いていると、担任の先生が、

「小学校では、結構こういうことがあるんですよ」

と、笑いながら教えてくれた。

どうやら、人間も小さいうちは嗅覚がかなり研ぎ澄まされているらしい。このとき、ある感覚が失われると、残りの感覚が失われた感覚を補うべく発達するという話を聞いたことを思い出した。

小さいころから目が悪くて、中学校入学と同時に眼鏡のお世話になった。高校生になってしゃれっ気が出て、コンタクトに代えた。そのコンタクト歴も五十年になる。最近はこの近眼に乱視と老眼が重なって、メガネばかりが増えている。

このせいかどうかは分からないが、鼻が利く。春と秋には毎年花粉症になって、一年の半分は鼻を詰まらせてはマスクのお世話になっているし、五十路に入ってすぐに階段から落ちて、鼻骨を粉砕骨折したが、嗅覚は衰えていない。真っ暗闇の中を匂いを頼りに進めと言われたら、楽勝でミッションをクリアできそうなくらい、嗅覚には自信がある。

昭和五十年。大学生のころ、その名も素敵な「イヴ」というガムが発売された。一般的なガムとは一線を画していて、外側の箱もずいぶんおしゃれであったし、値段もちょっと高めだった。噛むとバラの香りがした。青春のまっただ中、美しいものやおしゃれなものには敏感だった。バッグの中にはいつもこのおしゃれなガムが入っていて、それだけでリッチな気分になれた。

そのころの待ち合わせの場所と言えば、新宿駅の「アルプスの広場」。狩人の『あずさ2号』がヒットしていたころ。いつかこの列車に揺られて、長野県というよりは信州と呼びたい美しい高原へと旅に出てみたいと思っていた。金曜の夜になると、これから山登りに信州に行きますという出で立ちの一行が、この広場に大きなザックを背負って列をなしていた。

その人ごみの端っこの方でガムを噛みながら、なかなか来ない人を待っていた。噛むたびに香水の匂いが漂って、少し切なかった。

もうとうの昔にこのガムは、姿を消した。社会人になり東京を離れた後も、このガムを口に入れるたびに、あの金曜日の夜の「アルプスの広場」の雑踏の中で人待ちをしていた自分の姿が浮かんで、鼻の奥がツンとなったことを思い出す。

「アラミス」という男性用の香水も、好きだった。

同じ年のいとこの彼氏が使っていた、麝香がメインのものである。本当は自分が欲しくて、結婚したころ(四十年前)に夫にプレゼントしたものが、ほとんど使われないまま洗面台の奥のほうに残っている。

久しぶりにふたを開けてみたら、以前と変わらない魔法のような匂いがたちまちに漂ってきた。彼の話をうれしそうに話す、まだ二十歳そこそこだったいとこの姿も、浮かんできた。そのとき彼女が着ていたワンピースの柄や、流れていた歌や、部屋に貼ってあったポスターまで思い出した(このポスターは横浜駅の近くの電信柱に貼り付けられていたものだが、彼女がどうしても欲しいというので、私が罪をおかして、ことわりもなくもらってきてしまったといういわく付きのものだ)。芋づるのように四十年前のあれこれが浮かんできた。匂いは昔を思い出すための有効な手段でもあるらしい。猫にマタタビではないが、アラミスは、ちょっとした媚薬のようなものである。

子どものころ、そんなこともあるものかと、野良猫にマタタビの小枝を投げてみたことがあった。

「ニャーオ、ニャーオ」

声を上げ始めた。そのうち、次第に体をくねらせて、陶酔の域に入ったようだった。家

の中から窓越しにその様子を眺めていると、猫はますます佳境に入り、もんどり打って、

「ギャー、ギャー」

声を上げ始め、いよいよ尋常ではなくなってきた。さすがに悪いことをしたような気持ちになって、マタタビを取り上げた。

しばらくの間、猫はくねくねダンスを続けていたが、ある瞬間ふっと正気に返り、何事もなかったかのようにすましてどこかに消えていった。アラミスの匂いは、あの猫のエロティックな動きをも思い出させる。

大学生のころ、新宿駅の東口の改札を出たら、ふっとアラミスの香りがしたことがあった。

その匂いにつられ、ふうわりとしばらく歩いた。そしてあの猫のように、香りが途絶えたところで、我に返った。気が付くと、反対方向へと歩いていた。いぶかしげに眺めていた友達に、

「ごめん。こっちじゃなかった」

言い訳して戻った。ふと、あの猫の姿が浮かんだ。

子どものころは、匂いの中にいた。

夏の午後の、むうんと漂う草いきれ。森の奥の、密やかな湿り気を含んだ匂い。雨が来る前の匂い。卒業式の朝の、潤んだ風の匂い。夜に深く香るバラの香り……。

匂いは、一瞬のうちに何十年の時をさかのぼり、過去の記憶を鮮明に思い出させる。どんな心でいたとか、そのときに眺めた景色とか、一緒にいた人とか、さまざまな出来事と一緒になって、心の引き出しにしまわれている。その引き出しに手をかけた途端、その場所に留められていたそのときの思いが匂い立ってきて、少し切ない。

吉(きち)

頭が禿(は)げるまで、文鳥を飼ったことがある。

当時大学生だった息子が気まぐれに買ってきたのだから、「吉」はとうに十歳を超えていた。

文鳥の寿命については詳しくは知らないが、いつの間にか我が家の最長老となっていた。毛並みが衰えた。飛行距離も、極端に短くなった。着地もへたくそになり、思ってもいない方向に不時着したり。そういうとき、吉がちょっと落ち込んでいるように見えたのは、気のせいだったろうか。

そのくせオスの威厳だけは保っていて、私以外の人間が近づくと、くちばしをかっと開けて、舌をぺろぺろと左右に動かして威嚇した。

冬の間。夜間は小屋に電気毛布を掛けて、さらにその上から別の毛布を巻き付けてから寝ていた。

「どうか、明日の朝もチュンと鳴きますように」

と念じ、巣に入ったのを確認してから、電気を消す。朝は、いちばんに、

「吉！」

と、声を掛ける。待ちかねていたように、返事が返ってくる。手のひらに乗せて、はあはあ息を吹きかけて、吉の体を温める。すると、「吉」はすっかりうれしくなってくちばしを、

「ぎちっ、ぎちっ」

と鳴らす。もっと上機嫌のときには、

「ピンニョ、ピンニョ」

と踊ったりもするけれど、その回数も、次第に少なくなってきていた。

どういうわけか、弱い動物は、寒い季節に卵や子どもを産む。

「吉」の前に飼っていたメスの文鳥「ポポちゃん」は、卵管に卵を詰まらせて死んだ。

十一月二十三日のことだ。結婚記念日だった。いい年（四十九歳）をして頭が痛くなるほ

ど泣いて、次の日には本当に具合が悪くなって、仕事（学校）を休んでしまった。

翌年の十二月八日。太平洋戦争の始まった日であり、ジョン・レノンが凶弾に倒れた日。

「今日は何の日だったっけ？」

授業のはじめに生徒に問いかけると、一年中いろいろとやらかしては、私をたいくつさせなかった男の子が、即座に、

「ポポちゃん、死んだ日っすか？」

と答えたのには、びっくりした。

子どもの心には、意図しないものが残っていくようだ。

「ポポちゃん」は、弟が卵から孵（かえ）した文鳥だった。弟の小鳥好きは、父からの遺伝であるらしい。

物心ついたころから、実家には、さまざまな動物がいた。

犬、猫、ニワトリは当然のごとく、ハツカネズミ、シマリス、フクロウ（夕方、肉屋に鶏肉を買いに行かされた）、アライグマまで。

その中で、とりわけ父がまめに世話をしていたのは、小鳥だった。メジロ、ヤマガラ、ヒワなどの和鳥が、それぞれに竹の籠の中で大切に飼われていた。出勤までのかなりの時間を、父は小鳥の世話に費やしていた。

小学生のころに一度だけ、小鳥の有精卵を学校に持っていったことがある。母に長い紐のついた小さな袋を作ってもらいその中に卵を入れて、それを首から提げて自分の体温が伝わるようにして、胸のあたりをそっと手で押さえながら、一日を過ごした。

前の晩、父が、

「親鳥が面倒をよくみないから、この卵はきっとだめだな」

と、つぶやいていたのを聞いていたからだ。奇異に思った友達に、じろじろ眺められた。

結局、小鳥は孵らなかった。

子どものできることには、どうやら限界があるということをうすぼんやりと知る機会となった。だが、父が設(しつら)えた孵卵器の裸電球の下で、ヒナが次々とたまごの殻を割ってぬめっとした体を転がしたかと思うと、数時間後にはふわふわのかわいいひよこになって、ぴよぴよ鳴いている姿を見たときのうれしさは、格別だった。

振り返ってみると、アパート暮らしをしていた数年間以外は、いつも動物と一緒だ。何回もの死に出くわしながらも。

最後に。

「吉」は、「ポポちゃん」の穴を埋めようと息子が買ってきてくれた、と書き直しておこう。予告も承諾も一切なしに、唐突に。それがいつもの彼のやり方だから。

シイタケ

シイタケは、大の苦手。

苦手などという、生やさしいレベルではない。まったくもって食べられない。

この世に、シイタケしか食べる物がないというような（それを食べないと命に関わるというような）極限の状態まで追い詰められれば、目をつぶって飲み込むのかもしれないが、まあ、それくらい毛嫌いしている。

シイタケの神様、ごめんなさい。

母親の話では、小さいころからどんな小さなかけらでも見つけて、ぷっと吐き出したということであるから、筋金入りだ。

今でも餃子の中に入っているみじん切りのも執念深く発見しては、取り分けて食べている。煮物のシイタケはもちろん食べないが、その隣にあった大根も、アウト。大根にシイタケのエキスが、しみこんでしまっているからだ。

山間部の中学校に勤めていたとき。給食によくシイタケが出た。「地産地消」ということで。生徒たちには、残さないで何でも食べましょうと言っている手前もあって、アレルギーということにして、ごまかしていた。

あるとき、家庭訪問でお邪魔した家で、お土産に大量のシイタケをいただいた。そのお家は、地域でも有名な大きなシイタケ農家だった。かなりの数を出荷しているという話をお父さんが熱心に話し、ハウスにまで案内してくれた。人の顔の大きさくらいにのびのびと広がったシイタケを指さして、うれしそう。シイタケ好きな人が見たら狂喜乱舞しそうな楽園が、目の前にあった。

「おいしいから持ってってくださいね」

と、奥様。

「お好きでしょう」

笑顔で言われて、

「は、はい……」

消極的に返事したのが、かえって奥ゆかしいと思われたらしい。

「ぜーんぜん、遠慮しなくてもいいですよ」

結局、車の後部座席いっぱいのシイタケをいただいた。

四月、花冷えの肌寒い日。車の窓を全開にして走った。車の中に匂いが充満して、鼻の奥の奥のほうまで侵入してきたからだ。その足で実家にまわり、もらったものを全部母親に渡した。母親は、思いがけない到来物にたいそう喜んだ。

明くる日。別のお家にお邪魔するや、

「シイタケが、好きなんだってね」

と言われる。昨日の「はい」がさっそく噂になって、一夜のうちにシイタケが好物だということになっていたようだった。

帰路。また、山のようなイタケを積んで、車の窓を全開にして学校に戻った。今度は、同僚に分配した。

「網焼きにしよう」

「バター焼きかな」

「やっぱり、鍋でしょう」

口々に喜んだ。くださった方には本当に失礼なことだけれど、本当に好きな人の口に入ったのだから、許していただこう。

家庭科の授業を受け持ったときには、「郷土料理を作ろう」という学習内容があって、会津地方の郷土料理を作ることになった。「こづゆ」という、土地の根菜や山菜、こんにゃくなどを入れた、お祝いの席に饗される汁物である。

まったく一貫性に欠けるのだが、この料理は、私の好物である。日本料理の中で一番と言ってもいいくらいに。だしは、ホタテと、シイタケ！ ホタテの匂いとだしが、独唱に走りがちなシイタケの主張を抑さえ、全体としてまとまったハーモニーを奏でている（ように思われる）。

調理実習の前日。スーパーで大量の干しシイタケを購入し（買うのは初めてだった）、家に持って帰った。

「こんなに、どうしたの」

夫が、瞳を輝かせている。ようやく夕食に上る日が来たと、勘違いしたらしい。調理実習の材料だと説明すると、

「そうだよね、そうだと思ったんだ。やっぱね」

うらめしそうに、眺めていた。

翌日の調理実習では、学校中にシイタケの匂いが充満して、ものすごいことになった。分量をはるかに超えたシイタケを、買い込んでしまったからだ。スーパーの棚に並んでいたものを、わしづかみにして買ってきたのがいけなかった。普段、買い慣れないということはこういうことだと思った。

一度水に戻したものは、残しておくわけにはいかないので、全部細かく刻んで鍋に投入するはめになった。ハーモニー完全無視。かくして、シイタケがごっちゃり入った特製の「こづゆ」が完成したのだが、問題はまだあった。すべての班のものを味見しなくてはならない。難行苦行である。

時間がないからと言って、食べたふりをして、

「全部うまい、上手にできた」

猛スピードでほめて回った。生徒たちは、達成感も手伝ってか、ほとんどシイタケ汁となった「こづゆ」を愛おしそうに、ほおばっていた。

娘は、小さいころからシイタケは嫌いだと言っていたが、最近になって、

「ホントは、嫌いじゃない」

と、爆弾発言をした。ついでに、イクラも、ホントは好きだと。なんで言わなかったの

かと聞くと、私に気を遣ってシイタケ嫌いを装い、回転寿司でお兄ちゃんに権利を譲るために、イクラは嫌いということにしていたとのこと。そんなふうには見えなかったけれど、思わぬところで迷惑をかけていたもんだと反省する。

大好きなシメジと、シイタケの違いはなんだと聞かれれば、匂いと、笠の後ろのヒロヒロだ。スライスされたシイタケのヒロヒロは、アメーバの繊毛に見える。おつゆに漂っているときには泳いでいるように見える。

それから、葉っぱの裏側にきれいにびっちり並んだ蝶の卵や、シダの葉っぱの裏側の胞子。こういうのも苦手である。細かいものが、法則性をもってびっちりと並んでいるものが苦手なのは、いったい何という心の病なのだろうか。

家族には大変申し訳ないけれど、この先も買い物かごに入ることは、ないと思います。ごめんなさい。

美空ひばり

十一月の、休日の朝だった。

テレビをつけたら、朝のニュース番組のあるコーナーで、「奇跡の一枚」というのが紹介されていた。ちょっとした変身を兼ねて、いつもと違う自分になりきって写真を撮ってみませんかという趣旨の内容である。

いつもなら、「ふーん」と流すところだが、この日は違った。瞬間的に、「やってみよう」「実行に移すぞ」と、決心してしまった。

そこらへんにあった紙切れに急いで連絡先をメモし、気が変わらないうちにと電話をかける。しばらくの間、混み合っていたが諦めずにしつこくトライしていたら、つながってしまった。

そこは東京の有名デパートの一角だったので、さっそく息抜きがてらに出かけることにした。夫も海外に出張中だったから、下手な工作なんかしなくても、隠密のうちに事を遂行できると考えた。

当日の予約の時間は、十一時。

衣装は準備してくれることになっていたので、とりあえずノーマルメイクにカジュアルな服装で出かける。東京駅に直結しているデパートの十階にあるそのお店は、奥まった一角にあった。手前には、骨董品屋さんがあって、そのお店の入り口には、

「この字、読めますか?」

というボードがあり、「贔屓（ひいき）」という文字が金ピカで、恭しくしたためられていた。

目指すお店は、思っていたよりもちんまりとしていた。キラキラとしたのれんの奥では、今まさに変身中という女性が座っているのが、ちらちらと見える。のれんがいい具合に視界を遮っているので、とりあえずは個人情報は守られていますよ、といった設えになっている。

変身コースは三種類。「エレガンスコース」・「セクシーコース」・「フェミニンコース」。タイトルの下には、ははん、なるほどと思うような写真が、それぞれに添えられている。

「お客様は、どのコースになさいますか？」

と聞かれる。セクシーコースはまずないなと思っていると、

「お客様のお顔ですと、セクシーコースがお勧めです」

びっくりするような答えが、返ってきた。頭が混乱しそうになったが、冷静になれ、相手は社交辞令だと自分に言い聞かせ、

「いちばん、ほど遠いと思います」

しどろもどろで、返事する。「後悔」という二文字が、浮かぶ。やっぱり、衝動何とかはよくなかったかと、保ってきたモチベーションが下がっていくのを感じたが、今回ばかりはお金がかかっている、ここで後ろには引けない。この場に飲まれてはいけない。人生、そんなに長くない。やりたいことはやったほうがいいと、くそ度胸が勝手にわき上がり、気持ちを立て直す。そしたら、妙にファイトまで湧いてきて、

「いやあ、無理です。フェミニンは詐欺に近いし、無難なエレガンスでお願いします」

自己主張することができた。笑顔がかわいい、気さくな美容師さんは、

「じゃあ、上半身だけあちらで脱いでくださいね。そして、これをつけてくださーい」

明るい調子でてきぱきと説明し、別室に連れていってくれた。

カーテンで仕切られた奥の小部屋で、言われたとおりに上半身に白いキャミソールのよ

うな代物をつけ、下半身はもともと着ていたチェックのプリーツスカートのままという奇妙な格好になったところで、肝心の変身が開始した。

茨城の出身であるという件の愛想のいい美容師さんは、私が福島から来たと分かると、

「矢祭のダリアアイス、私、好きなんですう。ドライブがてら食べに行くんですよお」

とか、

「どこぞの納豆も、おいしいですよね」

などと、かなりローカルな話題をふって、緊張を解いてくれた。

そうこうしているうちにも、美容師さんは本領を発揮。あっという間に、さっさと化粧を施し、髪の毛を逆立ててボリュームを出し、シューシュースプレーをかけ、

「写真写りをよくするために、もっと眉と目を強調しましょうね」

もともと人よりも濃い眉毛とでかい目玉の周りに、ほとんどマジックとも思える細かい細工を施し始めた。

生まれて初めてつけたつけまつげは、意外に軽かった。つけまつげがたくさん入ったプラスチックのケースが目に入る。さまざまな種類のものが収納されていたが、使用感が漂っていたので、リユースできるものなのだと知る。

「お客様、目玉の色が茶色ですが、カラコン入ってますか?」

「いえ、もともとです」

「眉は、○○してますか?」
○○の意味が分からなかったが、特別なことはやっていないので、
「いえ、もともとです」

と答える。どの世界にも、専門用語があるものだと思った。そんなことを考えているうちに、化粧が終了する。改めて鏡を眺めると、正視するに堪えない自分が、そこにいた。感想の持ちようがなかった。

この次はどうなるんだと思っていたら、ドレスの色を選ぶという。ドレスらしきものはどこにも見当たらないが、壁には布屋さんのような棚があって、その中に色も素材もさまざまな布がロールケーキのように丸められて収まっている。

何色が好きかと聞かれたので、もともと好きな、しかし、最近はめっきり手が出せなくなっている、

「ピンクです」

と、力強く答える。どうせ、変身体験なのだ。好きなことはなんでもやっちゃおうなのだ。

そこからがこの美容室の真骨頂だった。美容師さんはそのロールケーキの中から、サー

モンピンクのシフォンの布を二枚引っ張り出してきて、一枚を手際よく私の胸に巻き付けた。そして、残りの一枚をこれまた魔法のごとく、くしゅくしゅさせたりピンで留めたりして、あっという間に上半身だけドレス状態というのを完成させた。

なにやらこの店のオーナーが、ハワイで身につけた特別な技術だということだった。これなら体型に関係なく、上半身だけドレス状態の写真が撮れるというわけだ。カラクリに感心しつつ、いよいよ写真撮影に臨む。

近寄っただけで肩の荷を下ろしてくれるような「なすび」似のカメラマンが、慣れた調子で、そしてカウンセリングマインド全開で緊張感をほぐしてくれる。これも技術だと思った。カメラマンの瞳は案外つぶらで、かわいらしかった。その顔で、

「こんな感じね」

なんてウインクされると、不思議と羞恥心が吹っ飛んで、あごを引いたり、目線を外したり、横向いたり、ほっぺたに手を当てたりしているうちに、十五枚の撮影が終わる。

帰り道。濃い化粧と、服装とのミスマッチが気になる。トイレでティッシュに水をつけて何度も落とそうと試みたが、目頭と目尻のツタンカーメンがなかなか取れなくて、困った。

二週間後。夫と上京した際、ちょっとトイレに行ってくるからと嘘をついて、完成した

写真を受け取りに行った。前回カラープリンターで印刷してもらっていたものとはまるで違って、きれいな仕上がりだった。が、どこかに違和感があった。お化粧が完成したときに感じた、あの気持ちだ。

「まっ、異文化体験ってことで」

自分の中で片付けることにする。

次なる問題は、夫にどのタイミングで見せるのが、効果的であるかということだ。まったくの秘密というパターンもあるが、やっぱりここまでやったからには、自分の胸の中にだけ潜めておくだけでは、もったいない。反応が欲しい。欲を言うならば、これ以上ないというタイミングでさりげなく見せて、

「な、なんだ、これは!」

エクスクラメーションマークが五つ付くくらいに、歓喜の声をあげてもらいたいものだ。

「効果的なお披露目方法」について、あれこれ考えを巡らせる。琴の音でも流れるような甘味処の窓際の席で、さりげなく広げてみようか。いやいや、周りのお客さんの目も気になるから、もっと閉鎖的な環境がいいだろうか。閉鎖的といえばやはり家だろうが、生活感がたっぷりと漂っている中で見せたのではずいぶん陳腐な印象になってしまうな、などと真剣に考える。たいていの場合、解決策が浮かんでくるものだが、今回ばかりは気合い

の入れすぎか、なかなか決まらない。あれこれ大まじめに考えあぐねて、結局、帰りの新幹線の車中でご開帳ということにした。

「あのお……」

隣でうたた寝をしていた夫を揺り起こし、超さりげなく、写真を広げる。

緊張の一瞬。予想だにしなかった反応が、返ってきた。

「美空ひばり?」

「ん?」

あとになって、最上級の褒め言葉だったと弁明された。美空ひばりねえ……。『柔』、『悲しい酒』。もっと古いところでは、『東京キッド』。昭和の匂いがぷんぷん漂う。

と、ここまで考えたところで、あの違和感のもとが分かったような気がした。そうだ、「非日常」なのだ。終戦後のひと時代。人々が非日常にあこがれ、そこに自分を投影することで日常を乗り越え、光を見い出していた時代の匂いだった。

ピンぼけ

四人きょうだいの一番上。兄はいない。

大学生のころ。同じ年のいとこと連れだって横浜駅の地下街を歩いていたら、いきなり見知らぬ若い男性に、肩を組まれた。

「お、妹よ。元気だったか」

どこかのアマチュア劇団のように、大げさなアクションも伴っている。歩きながら、頭の中に「兄」というキーワードを打ち込んで、「検索」をかけてみる。傍目には、ぼうっとしているように見えたことだろうが、頭の中は高速回転していたのである。

「……おにいちゃんて、いたっけ」

こういうとき、明々白々なことが分からなくなる。

「いないよねえ」

もう一人の私が答えるが、なにやら自信なさげだ。ずいぶんと長い間肩組みをされたまま歩き続けていたように感じたが、実際はたいした時間ではなかったらしい。

「何やってんのよ」

しっかりもののいとこが、大声を上げた。

「おにいちゃんなんて、いないじゃないの」

フリーズしている私に代わって、大声で断言してくれた。そして、にわかお兄ちゃんに向かって、

「あんた、放しなさいよ」

ぴしゃりと叱りつけてくれたので、ようやくそのおかしな状態から解放された。

「やっぱり、お兄ちゃんなんて、いなかった」

ようやく正解が出る。当たり前なことを確認するのに、いったいどのくらい手間がかかるんだ。変な男が血族でなくて、ホントによかったと安堵していたら、

「しっかりしなさいよ」

と、叱られた。ホントにしっかりしなくてはならない。都会では何が起こるか分からないから、神経をはっきりさせておく必要があると思った。どうも、大切なところでぼうっ

となってしまう癖があるようだ。この話をしたら、夫に、

「ふつうは、そういうことはないよ」

と、一蹴されてしまった。


東日本大震災発生時。

ケータイがあちこちでけたたましく鳴り始めて、何やらかつてないことが起こり始めているることを感じながら、同僚と一緒に屋外に避難した。経験したことのない揺れが、轟音をとどろかせながら地面の下から、湧き上がってくる。卒業式が終わったばかりの校舎の窓という窓は、これ以上揺れたら全部こなごなに割れる限界というところまで、震えている。すべてのものが秩序を乱し、散乱した。

一緒に逃げたアメリカ人ALT（英語指導助手）は、

「オーマイ　ガーシュ！」

「ワーオ　ワアーオ！」

を連発しながら、これが噂に聞いていた日本の地震かとばかりに興奮し、持っていたケータイで、動画を撮影していた。その後、彼は国の施策で三日後には帰国し、CNNに動画を投稿した。おかげで、あのときの私の間抜けぶりが全世界にばらまかれた。今でも

検索すると引っかかってくる、デジタルタトゥーである。

　大揺れが止まぬ建物や、運転手もいないのにゆっさゆっさと揺れている車を見ていたら、両足の間に亀裂が入った。おお、地割れだと思った。生で見たのは初めてだと思っていたら、次の瞬間、バキバキっという音がして、亀裂が一気に広がった。

「何やってんだ。逃げろ！」

　近くにいた同僚が腕をぐんと引っ張ってくれたので、草むらに倒れ込んで助かったが、その勢いでもう少しのところで、坂から転げ落ちるところだった。

　足下には、大きな亀裂がぱっくりと口を開いていた。深さは二メートルはあるらしかった。すんでのところで命拾いした。亀裂が入ったのを眺めていてそこに落ちたなんてことになっていたら、同情してもらえなかったかもしれない。

　それから片付けに夢中になって、気がついたら六時。辺りは真っ暗になっていた。同僚たちはもういなかった。幸い電気だけは点いていたので、ありがたかった。そのときはある程度元通りにすれば、来週からの仕事はできるだろうと考えていた。

　この作業に没頭している間、非常事態を敏感に察知した人たちが、ガソリンスタンドやスーパーマーケットで列をなしていたということだ。私はタイミングを見事に外し、ひと月の間、水の出ない家で炭水化物ばかりを食べていたので、事もあろうに震災太りしてしまった。

どうして、いざというときの行動がこうなってしまうのか分からない。誰かに一人だけそうしていろと言われたのではないのだから、何とも仕方がない。ここ一番というときに、ピンぼけなのだ。

仕事では、このような特性を発揮して他人さまに迷惑をおかけしてはなるまいと努めているが、自分が分かっていないだけで、本当はすいぶんと迷惑をかけているのかもしれない。不安である。不安であるが、分からない。まあ、十中八九的中しているように思っておいたほうがいいのかもしれない。

みちづれ

「スキンフード」

ドイツ製の、濃厚なハンドクリーム。娘の使い残しを試してみたら、いい感じ。ストーブの上に手をかざすと、一気に溶けて、とろりとなじむ。

かさかさの手が、

「潤いもらったよう」

と、喜んでいる。名前に、偽りはないようだ。

昨年春、退職祝いにとハンドクリームが届いた。

送り主は、Y君。三十年前に担任した（当時は中学校一年生）生徒。早速、お礼の電話をかけると、

「いつも、絆創膏してたでしょ」

茶目っ気たっぷりな、昔と同じ声が返ってきた。

白墨の粉が原因らしく、チョークを持つ右手だけひびが切れて、年中、絆創膏のお世話になっていた。かわいい布で、チョークカバーを作ってくれた女の子もいたっけ。


社会人になった年の、春彼岸。墓参りで、福島に帰省した。

そのころ住んでいた藤沢から、小田急、東海道、山の手と乗り継いで、上野駅に着く。休日の、午前発の東北本線の下りの急行列車には、ゆったりと時間が流れていた。ボックス席の向かい側には、初老の女性。ショートカットの白髪が、淡いピンクのコートによく似合っている。

出発してから三十分。もうすぐ大宮。富士山は見えないかなあ、と山並みを眺めているうちに、眠ってしまった。小山。宇都宮。

ふと視線を感じて、目が覚める。女性の視線は、そこだけ何十年も年とったような絆創膏だらけの右手に、注がれている。そして、

「お姉さん、辛いお仕事?」

少しためらったけれどもというような口調で、話しかけてきた。続けて、若いときに苦

労をすると、あとできっといいことがあるから、とも。

『金八先生』が放映され始めたころ。校内暴力の真っ只中で、新米教師には辛いことが多かったが、夢が叶ってやりがいも感じていた。辛い職業かと尋ねられれば、確かにそういうときもあるかもしれないけれど……。いろんなことが頭の中を駆け巡る。

何と返事を返したのかは忘れてしまったが、自分の右手は他人さまに心配してもらうほど、しわくちゃなのだと気づいた。以来、人前では、左手を上にするように心がけている。

先日。何かおもしろそうな本がないかと本棚を漁っていた娘が、一番下に突っ込んであった、三十五年前の結婚式の写真を見つけてきた。

「うわっ、パパに毛がある！」

「ママには、ウエストが！」

新発見に、大はしゃぎしている。それを写メを撮っては拡大し、細部まで詳しく観察していたようだが、

「あっ、絆創膏！」

という声。

びよーんと拡大した画像を、覗いてみると、左手には、エンゲージリング。右手の親指

には……絆創膏！　ハレの日も、ちゃんと、お伴をしてくれていました。

代役

「先生のおっぱい、とれちゃった」

水面に浮かんだ「つめもの」を、小学校二年生の男の子が拾ってくれたのだという。

「プールに飛び込んだ勢いで、水着から飛び出ちゃったのよね」

電話口で、まりちゃんが笑っている。

彼女は、昭和三十一年生まれの、同い年のいとこ。七年前、乳がんで右胸を切除した。術後の経過は良好で、退職後も再任用として、小学校で働いている。

子どものころ、まりちゃんの家は、汽車とバスとを乗り継いで二時間くらいの城下町にあった。お盆やお正月に行き来して、一緒に遊ぶのが楽しみだった。

中学生ごろまでは、まりちゃんは私よりもずっと背が高かった。ごはんの時間も逃げ回って、弟たちととっくみあいのけんかをしていた私とは大違い。おしとやかで、大人びていた。まねをして、弟たちにやさしいお姉さんを装ったりしたこともあったけれど、長続きはしなかった。

同じ高校に進んだものの、彼女は理系、私は文系。それぞれに友達もできて、特に接点のないままに三年間が過ぎた。卒業すると、彼女は、都心から電車で一時間の、教員養成で定評のある大学へ。私は、都心の大学で、古典の勉強と、人生修行にいそしんでいた。

一度だけ、飲み会に誘ったことがある。

松尾の活躍で、新日鉄釜石がラグビー日本一になった夜。道玄坂裏の揚げ出し豆腐の旨い居酒屋で、大学のサークル仲間と祝杯を挙げた。そのころの私は、誰にでも寛容に振る舞うことが大人だと勘違いして、どんなことでも、

「大丈夫、いいよ。いいよ。何でも言って」

調子に乗っていた。飲み会が終わって、一緒に店を出たときのことだ。

「らしくないよ」

まりちゃんに、きっぱり言われた。何でもはっきり言うところが好きだったのに、とも。

はっと目が覚める。みぞれが、頬を打った。

大学を出ると、私は藤沢市の中学校の教員に。彼女は福島に戻って山間部の小学校に赴任した。そして、翌年。まりちゃんは、一回り近く上の地元の同僚と結婚することに。

勤労感謝の日。阿武隈山系の紅葉の合間を縫って、式場へ向かう。小さな町の川沿いにある式場に着くやいなや、

「まだ着替えていなかったの？」

彼女の学校の校長先生に間違えられる。他人の目には、似ていたのだと思う。この日は、いとこながら、「友人代表のあいさつ」をすることにもなっていた。それで気張って成人式以来という振り袖を着てきていた。

職場の同僚、ご近所さん、親戚、友人。二百人以上の招待客が、畳の間に正座していた。長持唄が朗々と歌われ、まっ白な綿帽子で現れたまりちゃんの顔は、透き通るようだ。血の気のない口元を、きゅっと結んでいる。

一時間後。宴も進んで、お色直しで、花嫁は中座。ひな壇では、花婿が二人分の祝福を浴びて、顔を真っ赤に染めている。まりちゃんが戻ってきたら私の出番と、袖に忍ばせた挨拶文をちょろちょろ眺め、心の中で暗唱を繰り返す。しかし、三十分経っても、花嫁は、戻ってこない。

後ろから叔父さんに、そっと肩をたたかれる。案内されるままについていくと、控え室

の真ん中に布団が敷かれ、そこに白無垢のまま、まりちゃんが横たわっていた。両方の腕には、点滴の管。白衣のお医者さまは聴診器を外すと、ひとこと、

「過労です」

と。

聞けば、この辺りの慣習で、式の数日前から親戚一同が泊まりがけでやって来て、夜な夜なの宴会が続いたとのこと。三日三晩の気働きの果ての結婚式だったらしい。

両家の親兄弟十人ほどが布団のまわりを囲むように正座して、白無垢のまま倒れているまりちゃんを、見守っている。これは前代未聞のピンチだと思っていたら、無意識のうちに、

「うーん」

と、声が出てしまった。その声に一同が、こちらを振り向いた。次の瞬間。伯母の瞳が輝いた。

「満里子の代わりに……」

一同もそぞろに「うんうん」と頷き始める。えええ、脇役でなくていきなりの主役！　似てるから何とか化粧でごまかせなくはないけれど、まだ一度も結婚したこともないのに、かりそめにもよその花婿と、愛を誓い合ったりしてもいいのか。否！

でも、今は非常事態である。いとこととして、友人代表として、もうひと肌脱ぐべきか？ これ以上ないくらいに、猛スピードで頭が回転する。ハムレットみたいになっていると、正気に返った叔父さんが、

「そんなわけにはいかないよね、ジョーダン」

と、笑ってくれたので、助かった。

一時間後。点滴で蘇った花嫁が、色打ち掛けに着替えて再登場したものの、花嫁不在の間に会場はすでに宴会の様相になっている。おじさんたちはことごとく出来上がって、べろべろになり、

「逃ーげたにょーぼーにゃ、未練はないがあ〜」

マイクを握っては、大音量でカラオケに興じている。花嫁の体調に配慮して、少しでも時間を短縮して進めようということになり、すぐに友人代表の番になる。マイクの前に立って話し始める。が、誰も聞いてはいない。

「静かにしてください！」

授業よろしくひと声上げてみたら、予想外に会場が、ぴしゃりとなってしまった。そして、この静寂を保つために、ちゃんと聞いていなさそうなおじさんに目配せをしながら予定どおりのスピーチを行って、この日の任務を完了した。

帰りのバスの中。父は、

「たいしたもんだあ。結婚式で静かにしろ、だと」

と、笑いの種にしてくれたが、母には、

「学校じゃないんだからね」

と、叱られた。

式のあと、まりちゃんも、

「さすが、さとみちゃん」

持ち上げてくれたけれど、後悔した。ここはひと肌脱がないとと気負って失礼なことをやらかして、顰蹙(ひんしゅく)をかってしまうというパターンは、このほかにも心当たりが、ないことはない。

去年の勤労感謝の日。まりちゃんから、メールが届いた。

「三十八年前は、大変ご心配をおかけしましたね」

というあいさつに続けて、

「大ニュース！　この冬は、『乳房再建手術』を受けるからね」

と。

「じゃ、大好きな温泉にも入れるね」

返信すると、

「うふふ。女の命だもんね」

笑顔の絵文字が、添えられていた。

新製品

おしゃれな雑貨屋さんで、これまたおしゃれなコーヒーメーカーを見つけた。豆から挽けるし、タイマーも付いている。日本語表記なしのスタイリッシュなところも、気に入った。給料をもらったばかりで、財布のひもも緩かった。

二十年前、七十四で亡くなった父は、新製品が好きだった。昭和三年生まれで、青春時代は太平洋戦争のさなか。戦後続々と登場した家電は、便利さを超えて、父に夢をくれたらしい。母に叱られつつも、いろんな品物を買ってきては、

「いいべえ」

と、嬉しそうだった。

昭和四十三年。駅前に町で初めての喫茶店ができた。私は中学生になっていた。そのころ、流行り始めたサイフォン一式を、早速父は買い込んできた。沸騰したお湯が、管を上っていったかと思うと、ランプをよけるなり、ささーっと下に降りてくるというマジックは、コーヒーの味よりも、家族に好評だった。

プロが淹れる本格的なコーヒーを飲みに行こうと言う父の誘いで、二つ下の弟と三人で駅前のお店へ。初めての喫茶店。カウンターではぴかぴかのサイフォンが三つ並んで、件のマジックを披露していた。

ところが、運ばれてきたコーヒーを一口飲んだところで、父が苦しそうに顔をしかめ、急に腹が痛くなったという。

「ちょっと、家に帰って薬を飲んでくるから、二人で待っていなさい」

猛スピードで、店を出て行ってしまった。父がいなくなった喫茶店は、急に知らないところに変わったような気がした。

五分もしないうちに、父が戻ってきて、冷めたコーヒーを飲んだ。そして、少し大人になったような気分で、夜の町を歩いて帰った。

父の通夜の晩のこと。母と四人きょうだいで、

「お父ちゃん、新製品、好きだったよねえ」

という話になった。

「カメラとか、映写機とか、オルガンとか、いろいろあったよね」

「でも、やっぱりあの喫茶店かなあ。急に腹痛になって心配した」

と言うと、母が

「あれね、お財布忘れて戻ってきたの」

クスッと笑った。

参の章　ぶどうの棚の下で

やりなおし

デパートの文具売り場。

「さくらさく鉛筆」というのが目に留まる。「がんばるあのひとに、サクラ咲く」が、キャッチコピー。鉛筆の色は、河津桜をイメージした、鮮やかなピンク。今年も受験シーズンがやって来たと思ったら、高校受験のころのことが蘇ってきた。

中学校のころは、勉強以外のことばかり熱心で、本業を疎かにしていた。とりわけ数学には、太刀打ちできなかった。三年生のころには、ありったけの白旗を揚げ、うつろな目をして黒板を眺めていた。国語の教科書からは、いいインクの匂いがするのに、数学は、ページをめくると頭が痛くなった。

明日は、三年生になって第一回目の実力テストという、前の晩のこと。

「これ、やってみなさい。今日、お父ちゃんの学校でやったやつだから、参考になるぞ」

父は、五教科ぶんの問題用紙を差し出した。そして、間違えた問題は、きちんとやり直しておくようにと、念を押した。翌日。一時間目。国語の問題を見て、息を飲む。そっくりそのまま、昨日の問題だ。鉛筆が震え、目が泳ぐ。本文を読まなくても、答えが書ける。次は、数学。途中計算なしで、答えが書ける。お終（しま）いの社会が終わったときには、変な疲れ方をしていた。結果は……人生最高得点。学年二番をたたき出すも、第二回実力テストでは、真の実力を発揮して、急降下。ほっとした。


父の葬儀の晩。きょうだい四人が揃って、昔話になった。

「ええ、お姉ちゃんも？」

弟二人も、同じ経験を持っていたことが分かる。数学の教員だった父。四人のうち、誰か一人でも跡継ぎをと考えていたのだろうか。一回ぐらいはいい思いをさせて、調子に乗せてという作戦だったのかもしれないが、ことごとく、大失敗だった。

でも、お父ちゃん。理数系ではなかったけれど、三十七年間、私も十五の旅立ちの春を、見届けてきましたよ。

ぶどうの棚の下で

夫から、写メが届く。大きな葉っぱの棚の下に、「お地蔵さん」みたいなのが、たくさんぶら下がっている。ぶどうのひと房ごとに、虫除けの袋と、日よけの傘を掛けたのだという。

「袋かけ、笠掛け」

スーパーの果物売り場で恭しくピンクのスポンジシートをまとい、きみどり色の大きな粒がひと房ずつパッケージに横たわっている。「甲州シャインマスカット」の、帯付きが浮かぶ。こんなに手間が掛かるわけだから、ひと房三千円というのもうなずける。

夫はこの春、定年退職。六月からシャインマスカットなどを作る会社にお世話になっている。

「これからは、肉体労働だぞお」

以前よりも大きな弁当を持って出かけ、帰りには、汚れた作業着を紙袋に一袋抱えて帰ってくる。夕食の時間は、もっぱら、本日の労働の話だ。

ぶどう一般がそうなのかもしれないけれど、なんでもシャインマスカットというのは、格別に手が掛かるのだそうだ。通常の剪定や施肥に加え、実すぐり、芽かき、ジベレリン処理（種なしにするためのの）、そして袋掛け、笠掛けと続く。全部上を向いての仕事だから、肩と目と腕と腰と、あっちこっちが疲れるんだと言いながらも、

「一本の木から二十房採れるとして、○○本あるから○○房で、計○○○円だ！」

とらぬ狸の皮算用をしては、晩酌も進んでいる。

心配なのは、糖度がどれくらいいくかだそうだ。今年の梅雨は、本当に、長い。

「うちにもでっかいの、持って帰ってくるから」

これまた、プラス思考のご発言だ。

高級なものの到来も楽しみだが、私は、昔ながらの「ナイアガラ」が好きだ。子どものころ。家の中庭に、「ナイアガラ」のぶどう棚があった。古いアルバムを開くと、パイプが組まれた棚の下で、上の弟と二人パンツ一丁で遊んでいる、四枚組の写真がある。

一枚目。弟が井戸を漕いで、私が水を受けている。二枚目。二人で下を向いて、水遊びをしている。三枚目。弟が横座りになって、斜め上方を見上げて、おびえている。その後ろでは、私がべそをかいて逃げ回っている。そして四枚目。母がにこにこと顔をこちらに向けながら、何事もなかったように井戸を漕いでいる。

どうやら、二枚目と三枚目との間で事件が起きたらしいが、これを撮っていた父は、助け船を出してくれなかったようでもある。

その井戸の辺りにはぶどうの木が五、六本あって、夏には、遊ぶのにちょうどいい日陰を作ってくれた。その下で、虫取り（台所の外側の大谷石の際からは、地蜘蛛が捕れた）、けんけんぱあ、ゴム跳びや地面に絵を描いて遊んだ。ぶどう虫のぽってりとしたのが、時々棚から首筋に落っこちてきて、ひんやりした。

夏のはじめは、袋掛けの手伝いだった。父が広告を切った小さな紙に、「大２００、中２００」と書いたのを持って、はす向かいの雑貨屋へ行くと、

「今年は、いっぱいだね」

と言いながら、袋を渡してくれた。たいして役に立ってはいなかったのに、そう言われると、誇らしかった。

夏から秋の初めにかけてのおやつは、もっぱらこのナイアガラ。友達を連れてくると、

母が食べ頃の房を、パチンと挟んでくれた。運悪く母がいないときには、祖母が、

「こどもは、ちっちゃいやつでいいな」

少し小ぶりな房しか切ってくれなかったので、友達に申し訳ないと思ったりした。

木枯らしが吹くころになると、父、母、弟二人、家族総出での、ぶどうの剪定作業となる。私の役割は、脚立の上に乗った父が切り落とした、細かな枝を集めること。姉弟三人とも、ふくら雀のように両手が合わさらないくらいに着込んでいるから、しゃがむのも大変だ。

「そこに、いるぞお」

父が切り落とした中ほどが膨らんだ枝を曲げるとたやすく折れて、中から白い蚕のようなぶどう虫が、

「急に、なんだべ」

と、黒い頭をこんにゃこんにゃさせながら、現れてくる。それを瓶に集めるのが、弟たちの仕事。集めたぶどう虫は、父が大切にしている、メジロやヒガラの餌になった。

風は冷たいけれど、役に立てるのがうれしかった。これから訪れる厳しい季節に備えるために、いつもはけんかばかりの姉弟の中がぎゅっと凝縮して密着していく感じも、とても好ましかった。ナイアガラは、そんな家族の味でもある。

スーパーの入り口に特売の目玉で並びはじめた、ナイアガラ。一箱六～八房入りで、二九八〇円。買って帰ろうかな。ちょっと向こうの特別なコーナーには、シャインマスカットがおしゃれに着飾って、つやつやと輝いている。コロナがなんとか落ち着いて、お盆には神戸の娘も帰って来られるようになっているといいな。そしたら、パパの初シャインマスカット、一緒に食べようね。

江名の海

七月初旬の、梅雨の中休み。

広々とした景色を、目玉に収めたくて、いわきの海へ。約一時間のドライブ。塩屋崎灯台に、目的地セット。十年前、震災直後に買った車のナビは、造成を終えたばかりというふうな、黄土色の盛り土のただ中を走行するように示している。真新しい法面には、松の苗木が等間隔にお行儀よく並んでいる。地域の子どもたちも、お手伝いしたのかな。

美空ひばりさんの遺影碑の前に立つと、歌が流れてきた。あ、「塩屋崎」というご当地ソングだと思っていたら、『みだれ髪』というタイトルだと知って、ちょっとなまめかしい海風に当たったような気がした。

灯台までの石段を登る。わずか三十段で息が切れてひと休みしていると、同年代とおぼ

しき女性が、とんとんとんと軽快に下ってきた。すれ違いざま、

「灯台、行かれます？」

と言った。

「はい、そのつもりで……」

「先に、上っててくださいね。入館料は、あとで。ちょっと下、行ってきます」

登り口にあった「灯台の上には、トイレはありません」という立て看板を思い出す。人気のない暇そうな（失礼）職場みたいだけど、それぞれに大変なことってあるものだ。

石段を覆っていた茂みが切れて、もう少しでてっぺんというところで、前方に大蛇出現。一メートル半はあろうかという、青大将。

「へっ、観光客来た！」

とびっくりして（こっちもびっくりしたけど）、上半身を大きくくねらせて方向転換し、白いハマナシの根元に滑り込んだ。

灯台の入り口には、「130段あります」の看板。また、階段！　登り切った展望テラスは一周五メートルくらいか。四十年ぶりの塩屋崎灯台。結婚する前、ここで広大な海原の力を借りて、夫は何かささやいたんだっけ？　水平線は、かすんで見えない。波は、遠くから順に押し寄せるのではなく、無秩序に生じ、押し寄せ、砕けた。

どどーん。ザザーン。ちゃぷ。

三・一一からまもなく十年。海岸線、変わったろうな。きれいに整備されたけど、今年は、海開きできないかもなあ。そんなことを考えていたら、五十年以上も前の、海水浴を思い出した。


小学三年の夏。初めての海水浴でいわきの江名浜に出かけた。父、母、弟二人、そして、いとこのみっちゃんとたかしくんと私の七人で、父の知り合いの漁師さんの家に泊めてもらった。小さな山を背負ったような堅牢な家は、石段の上にあって、南側に大きく開いた居間の窓からは、一面の青田と、そのずっと向こうに並んでいる松林が見渡せた。

居間の北側の部屋には、見たこともないような大きな仏壇。この家はお寺だったのかと思っていたら、これは「仏間」、漁師は命がけの仕事だから、信心深いんだと、父が小さな声で教えてくれた。そうなのかと頷いてはみたものの、本当はなんだか、怖かった。

浜までは、家の下からまっすぐに延びる田んぼの中の一本道。五〇〇メートルくらいあったろうか。途中の木陰は、中ほどにある、大木一本だけ。かんかん照り。へこたれそうだけど、潮風の匂いが、おいでおいでをしてくれている。

海に浸かった途端、鼻の奥に海水が入り込む。痛い。海は、手強い！　水着の中に砂が入ったり、出たりという、新しい感覚。海は、キテレツ！　運動には無縁だと思っていた小太りのおかあちゃんが、泳いでる！　浮いてる！　海は、新しい！

母は涼しい顔をして、こちらを見ながらちょっと沖の方で横泳ぎをしている。波が来て、姿が消えてびっくりしたけれど、またぷかんと浮き上がってこっちを見ながら、つーつーと泳ぎを続けた。

昼は、浜辺でバーベキューだった。うに、はまぐり、えび、アワビ。採れたての海の幸が、大きな網でどんどん焼かれていく。このとき、アワビを初めて見た。網の上の大きなアワビは、

「熱いよお」

もんどり打って、縁のところのひらひらを、くねらせている。漁師のおじさんがじゅわっと醬油を掛け、食べやすいようにと包丁を入れてくれた。父は、

「アワビだ、アワビ。なかなか食べられないぞお」

とお酒も進んでいたが、初アワビは、口の中でごにゅっとなって、飲み込めなかった。思えば、あれはかなりの上物だったと思うのだが、食べ慣れないものだから、本物の贅沢を味わい損ねて、惜しいことをした。

私の中での海産物といえば、刺身（あまり好きではなかった）、イカ、タコ。そして不

動の第一位は、ソーセージ（海産物か？）だった。フライパンで焼かれていったんは膨らむものの、お弁当を広げるころにはすっかりしぼしぼになっていたけれど、旨かった。「すき焼きふりかけ」が登場したときも、この世にこんなに旨いものがあったのかと感動した。

しぼしぼソーセージと、すき焼きふりかけは、小学校のころのお弁当の王様だ。年をとると「食物回帰」をするというけれど、わたしの場合は、安くて済みそうだ。この先も買い物かごに、アワビが入ることはないと思う。

その夜。二階の二間続きの畳の間に、大きな蚊帳を吊ってもらって、雑魚寝した。

昼間には聞こえなかった波の音が、近い。

「おとうちゃん、お話、聞かせて」

「おう、こっちに来お」

小学生五人。それぞれ枕を抱えて、父の周りに集まる。

「んじゃ、今日は、おりんばあさんの話なあ」

そうして、父は、『うば捨て山』の話をしてくれた。昔、山奥に年寄りを山に捨ててくる習わしがあったんだと、といきなりの出だしに驚いて、そのますっぽりとお話の中へ。

もうすぐ死ぬから、早く山に連れていってほしいと息子に頼むおりんばあさんと、そんなことをしたくない、孝行息子の辰平のお話。

　月明かりが射すばかりの部屋。はじめのうちは、みんな父の周りに車座になって話を聞いていたけれど、いよいよ、おりんばあさんが息子に背負われて山へ行くところになると、部屋の隅っこにちりぢりになって、それぞれに鼻をすすり始めた。そして、おりんばあさんを下ろしてもすぐにカラスに見つからないようにと、雪の日を選んで家を出るところや、山に行ったら口をきいてはならないという掟（おきて）を破って、辰平が「おっかあ、雪が降ってきたよお」と叫びながら山を下りていくくだりでは、頭が痛くなるほど、泣いた。泣きながら寝た。

　それが、深沢七郎の処女作『楢山節考』であることを知ったのは、大学の文学の授業である。あの夜、長野の山の奥の話として父は話してくれたが、小説の舞台は、山梨だった。さらに読み進めていくと、随所に父なりの脚色がしてあったことに気づいた。子ども版『楢山節考』だったのである。

　夏休み。帰省の折に父に尋ねると、冷や酒を片手にすでにいい気分だった父は、

「おれの話の方が、よかったべえ」

　にやっと笑った。

「うん」

と、ご相伴に預かる。

おかあちゃんの横泳ぎ、食べられなかったアワビ。どどーん。ざざーんという波の音。おとうちゃんの「おりんばあさん」の話。初めての海の思い出には、吹雪が吹いているのである。

アメリカ

二〇〇〇年、晩秋。

文部省（当時）主催の研修で、アトランタ、フロリダのタンパ、ロサンゼルスへ。約半月、家を離れる。息子は中三、下の娘は小四だった。

「あれ、ママ、今日からアメリカに行くんだっけ。ぜーんぜん、忘れてた」

やけに元気に振る舞って送り出してくれた娘は、次の朝からカレンダーにばってんをつけ、泣きべその毎日だったという。

アメリカの学校の朝は、早い。学校の立地にもよるが、朝食のサービスがある。特にヒスパニック系の子どもが多い学校では、学校に足を向けさせるために、朝食の提供をしているのだそうだ。

朝六時半にはロサンゼルス郊外の研修先の小学校に到着して、その様子を参観させてもらった。朝食代は国から無償で提供されると聞いて、この国の懐の広さを感じた。昼食も、また無料とのこと。

授業では、子どもたちに英語とスペイン語の二冊の教科書が用意されていた。教師は、みな、バイリンガル。

ハロウィンの日。子どもたちは、マントを羽織ったり、とんがり帽子をかぶったり、思い思いの格好で登校してくる。「ホグワーツ魔法学校」みたいに。黒髪をたっぷりたたえたナイスバディの先生も、魔女の装いに杖を持って授業をしている。子どもたちに配られた、魔法の味のペロペロキャンデーをもらって、口に入れる。強烈な甘さ。

高校では、通路や廊下や教室、トイレの壁に至るまで「VOTE（選挙）」の看板や張り紙が貼られていた。生徒たちはインターネットで、ブッシュとゴアの大統領選挙の推移を見守り、真剣に討論を交わしていた。テロの前年。まだ寛大だったアメリカを見てきた。

アトランタから、息子と娘宛てに、絵はがきを二枚一緒に投函したのだったが、どういうわけか娘のものだけは、三週間も遅れ、私が帰国してから届いた。

「私のだけ遅かった」

娘が文句を言うと、すかさず息子が、

「カレンダーにばってん付けてたからだ」

憎まれ口をきいた。

つなわたり

気づいたのは、横浜を過ぎたころ。

車内販売が、ない。手元には、発車間際にキオスクで買った、赤ワインの小さなボトルだけ。

二〇一四年、八月。三泊四日、出雲への列車の旅に出た。行きは東京駅九番線。二十二時発の「サンライズ出雲」。九番線に滑り込んできたのは、昭和感満載の列車だった。

夫と向かい合わせの、一人用のコンパートメントが、今宵のお宿。予約すればシャワーも使えるらしい。食堂車でおいしいものを食べて、ひと息ついたところで汗を流して、また部屋でちょっと飲んでと、ラグジュアリーな旅を描く。台風十三号が、北上しているけれど、明後日の帰路までにはやってこないだろうという予報が出ていた。

発車まもなく。揺れがかなり大きいことに気づく。

しかも、品川、川崎、車窓からは見覚えのある駅のホームが流れていく。東海道線の上を走っている！　勝手な思い込みだったが、「サンライズ出雲」は、新幹線の線路を走るものと思い込んでいた。

そこへ、車内アナウンス。

「この列車には、食堂車はありません。車内販売も、ありません」

「！」

一大事発生。夫のところに行こうと、揺れに逆らいながらよろよろと戸を開けると、反対側から、夫もよろよろ出てきて、

「寝るしかない」

と言う。

爆走列車は、ますます勢いづいて、左右に激しく揺れている。これでは、とてもシャワーどころではなかったな。ぶんぶん揺れる個室でアクロバチックな入浴シーンを想像する。

食事もお風呂もないとすると、もうすることはない。横になると、振動が背中にダイレクトに伝わって、ワインだけの胃袋を揺さぶった。

静岡、名古屋、大阪、京都、神戸……。

翌朝六時半、岡山駅に到着する。ふと車窓を眺めると、何やら十人ほどの男が大急ぎでホームを走っている。よく見ると、見慣れた老年男性の背中も。なんだか分からないけれど、「パパ、頑張れ」と、心の中でエールを送る。岡山から四国に向かう「瀬戸号」の連結部分の切り離しを見に行く「鉄ちゃん」たちの群れを、夫は、駅弁争奪戦と勘違いして、必死で走ったという。

「あったよ。二つだけ」

息を切らしながら、冷えた栗ご飯弁当を差し出した。お腹がきゅーんとなる。

切り離しが済むと、そこからは、山越えの伯備(はくび)線となった。列車は、高梁(たかはし)川ともつれ合いながら、山脈を横断していく。東海道線とはまた比べものにならないくらいの、野性的な揺れである。

冷え切って固まった幕の内弁当に箸を命中させるのは至難の業だが、なにせ腹ぺこ。しかし、完食するもつかの間、蠕動(ぜんどう)運動も揺れで叶わず、すべて吐き出してしまった。かえって、すっきりしたと思った。

午前十時、出雲市駅に到着。曇天。「神話の街へ、ようこそ」の看板の下、青息吐息の写真が、アルバムの一枚目となる。

小雨が降り始めるなか、出雲大社へ。念願の大しめ縄を見上げながら、三十五年前の「神有月」の、縁結び会議。案外、適当だったかもと、隣人をチラ見する。

夫は難しい顔をして、大きく柏手を、打った。

翌々日、正午。台風が急激にスピードを上げて北上。今夜最接近とのニュース。予定を半日繰り上げて、お土産も買わないで、運休ぎりぎりの「特急やくも」に飛び乗る。

車窓からは、まさに、八雲立つ、青い大山。手元には、出雲大社の門前町で買った、せんべい三枚。

車内販売は、……なし。

夏

二〇〇一年、夏。

一本の映画に、父は夢中になった。亡くなる二年前のことだ。その夏は、猛暑が続いていた。

お盆様を見送って実家に戻ると、西日が入る茶の間に、一人。父は、テレビにかぶりつくようにして、見入っていた。ひぐらしが、やかましいほどに鳴いていた。

『鉄塔武蔵野線』。

入間川流域、旧保谷市（現在の西東京市）が舞台。両親の離婚で、二学期から母親の実家のある長崎の小学校に転校することになっている、小学六年生の男の子が主人公。変わり者の父の影響で、送電鉄塔の真下には不思議なパワーが宿ると、信じている。

夏休みのある日。家の近くの七十五鉄塔から一号鉄塔を目指して、弟分と二人で、自転車の旅に出る。源流には、ものすごいことが待っているに違いないと、送電線の番号を逆にたどりながら、畑や林、ゴルフ場やがれきの山を突っ切って進んでいく。

この映画全体を貫いているのは、少年が二人、ただひたすらに一号鉄塔を目指して進んでいく姿だ。汗まみれの、泥まみれ。BGMもさして聞こえず、二人の会話以外に聞こえてくるのは、油蟬やひぐらしの声ぐらいだ。単調な映像だけれど、見ているこちらまで、じっとりと汗ばんでくる。

結局、この冒険は、未完に終わる。捜索願が出て、巡邏のパトカーに見つかってしまったからだ。

パトカーといえば、一度だけパトカーのお世話になったことがある。

車で一時間（今ならその半分で着く）のところに、叔母の家があった。同い年のいとこと、三つ下の弟がいた。小学校の夏は、毎年そこで過ごした。

家は高台にあって、下には青田が広がっていた。石段を下りていき、田んぼに足を突っ込むと、ヒルがくっついてきて、大騒ぎになったことがある。石段の隙間という隙間は、ヘビたちのお宿。穴からのんびりと、首を出しているものもいた。はしゃぎたくなる種が、いっぱいあった。

勉強の時間も決まっていて、叔母が我が子二人と一緒に、面倒をみてくれた。何かを作ってきましょうという家庭科の宿題があったときには、

「じゃ、ワンピースでも作る？」

想定外のアイディアを、叔母が提案。簡単だからと、いとこが着ていた袖のないワンピースを脱がせて、それを布の上にぱあっと広げて、そのまわりをハサミでチョキチョキ切りはじめた。次にミシンで肩と脇を、合わせて縫い上げ、あっという間に似たようなものが出来上がってしまった。

洋裁学校を出て、糸印を付けては丁寧に縫っていた母とは、大違い。だけれど、ちゃんと、ワンピース！　夏休み明けに学校に持っていったら、先生はびっくりしていた。叔母が日直で仕事に行くときには、「夏休みの友」を持って、一緒にバスに乗って、勤務先の小学校についていった。

入水鍾乳洞（いりみず）への林間旅行にも、いとこたちと一緒に、六年生にちゃっかり混ぜてもらった。水温十度。わらじを履いた足は、ろうそくの蠟が垂れても熱くないほど、感覚がない。パンツもびしょ濡れ。怖さのあまり、「胎内くぐり」という、低くて狭いところに来たと

きには、ここから引き返すと言って、みんなを困らせてしまった。

ここで待っているという私を置いて探検隊が行ってしまうと、本当に心細かった。コウモリの羽音が聞こえ、冷たい水が滴った。行く先も確かめずについていきて失敗したと後悔したが、「胎内くぐり」の先に進めなかった部分はおろ抜いて、武勇伝を、父や母や弟たちに話し語って聞かせた。

無事に帰ってきた、その晩。あの恐ろしい鍾乳洞を助け合って歩き通した連帯感や自信のようなものが、三人の胸に湧き上がったのかどうか分からないが、ある計画が持ち上がる。

近くの山奥に、「山本不動尊」という大きなお社があるという。岩に張り付いたような神社で、そこに行くには、階段を何段も上るのだという。そこへ案内してくれるという。いとこたちは何度か親に連れられて行ったことがあるから、道順は大丈夫だと胸を張った。

明日の朝、早起きして大人には秘密で出かけようということになって、午前四時、こっそり家を抜け出し、それぞれ自転車にまたがって、出発した。

朝まだきの城下町。ここはよく行く歯医者だよとか、ここのまんじゅうはおいしいとかいういとこの説明を聞きながら、曲がり角の多い町並みを走り抜ける。誰もいない町中。

走っているのは三人だけだ。気持ちがいい。

しかし、そう思ったのもつかの間。町外れの一本道を進むころには、夏の太陽がしっかりと顔を出して、頭と背中を照りつけた。ペダルを踏む足が、一気に重くなる。

「あの小学校の角を曲がるんだよ。そうすると、着くよ」

自分に言っているふうないとこも、汗びっしょりだ。その小学校の角を曲がると、いきなりの山道だった。坂道になった途端、自転車は漕げなくなって、引っ張って歩く。

「おねえちゃん、まあだ?」

下のいとこが、泣きべそをかく。

私もとっくにへこたれているけれど、同い年のいとこが頑張っているんだから、昨日の鍾乳洞みたいに引き返そうとは、言えない。また、調子に乗りすぎた。無謀な計画を立てて、しかも大人に内緒で出かけて来て、バチが当たったと思った。

三人で、道ばたに足を投げ出して、水筒の最後のひと垂らしを飲む。気を取り直して、再出発したものの、あっという間に、また体力の限界。お不動様なんて、もうどうでもいい。

「神様、どうか家に帰してください」

ひたすら自転車を引っ張っていると、下の方からサイレンが聞こえてきた。すーっと、パトカーが脇に止まる。これぞ、神通力！

「神様、ありがとうございます。パトカーさま、ありがとう」

心の中で、深く深く、感謝する。

朝起きて、三人の子どもがすっからかんにいなくなっているのに驚いた叔母たちが、捜索願を出していた。名前を聞かれ、促されるままにパトカーの後部座席に、三人で並んで座った。

帰り道は、あっという間だった。叔母たちには何も言われなかったように記憶しているが、私のいないところで、いとこたちはみっちり叱られていたのかもしれない。なんだか聞いては悪いような気がして、尋ねたことがないままに五十年以上経ってしまった。

初めてにしておそらくは最後のパトカー体験が、いまだに感謝の気持ちで締めくくられているのは、変な気がする。一方、街で白黒のツートンカラーの車を発見するや、急に減速し、シートベルトに手をやってしまうさもしさに、はっとしたりもする。これまでに貯めるとはなく貯めてしまった、うしろめたさの貯金がずいぶんあることに、気づく。

あの夏の夕方。父に、

「ただいま」

と一度は声を掛けたものの、その空気を破るのが憚られたのはどうしてだろう。もしかしたら、父は、あの子どもだけが感じることができる、むさぼるようなところにいたのかもしれない。むせかえるような、夏草の匂いの中に。

子どもが大人になっていくひだひだには、うまく言葉にできないような、たまらない何かが、詰まっている。そうして、何度かその上をなぞりながら、自分が見えるようになっていく。そんな、むき出しのざらざらをくれるのは、夏だ。

はりがみ

中学校に入学したのは、昭和四十三年。

町外れの丘陵地帯に統合中学校の新校舎が、完成した。小学校の木造校舎とは大違いの、巨大な「コンクリートうちっぱなし」の、近未来の校舎だった。丘を渡る風の通り道で、一年中強風が吹いて、ドアがバタンバタン鳴っていた。

校長先生は、朝の会などで、

「この校舎は、東北随一で、……」

いつも誇らしげに繰り返していた。

ズイイチ。ことばの意味を確かめたくて、自分から辞書を引いた最初のことばが、この「随一」である。難解は、探究の元かもしれない。

高度成長期で、生徒もごちゃごちゃいた。一学年八クラス。学級には四十人。新校舎には、千人近い中学生が詰まって、休み時間の廊下は、ごった返していた。

一つ上の二年生はいろいろと問題を起こしていたようだったが、私のまわりは穏やかだった。一学年主任の（いつもくたびれて、タバコの匂いがした四十歳くらい男の）先生は、表情を変えずに、

「おまえたちは、勉強ができない代わりに、悪いこともしない」

と、学年集会で語っていた。話の順番がだったら、褒められた感ゼロな感じだけれど、叱られた感じもなくて、なんだかはぐらかされたような気持ちだった。話をどう締めくくるか、順番は大切だと思うとき、いつもあの先生の抑揚のないことばを思い出す。

統合に合わせて、校歌も新しくなった。

「らんら　らららららー　らーらららららー」

などと、楽しげに歌うサビの部分もあって、気の重い月曜の朝の会も、心なしか気分が上がった。この底抜けに明るく、前進あるのみみたいな感じの校歌は、とても感じがよかったけれど、難解部分があった。それは、二番の冒頭部分の、「春嵐　梢を渡り　秋の雨　窓辺を濡らす」のところ。「嵐」は「台風」だから、秋ではないのか？「雨」は「梅雨」だから、夏の初めでは？　いつも疑わしいと思いながら、歌っていた。だが、その謎

は、高校の古典の授業（季語の学習）で解ける。

それまでのことばの狭い意味の通り道が、ぱあっと膨らんでいく瞬間は、楽しい。だが、早とちりによる失敗の方がはるかに多いのは、遺伝のせいかもしれない。


昭和五十年。大学進学。学生紛争が一段落したころだ。

東京に出るのは、私が小学校のときに上野動物園を訪れて以来と、東京見物がてら、両親が入学式についてきた。

渋谷の丘は、満開の桜。持ってきてよかったと、父は何度も言いながら、ニコンの一眼レフ（オートはなかった）で、中庭のお社などにカメラを向けていた。しかし、撮るだけ専門の父のこと。写真は一枚も残っていない（ネガのありかも分からずじまい）。

十一時の式までは、まだ時間があった。久しぶりに東京の街を歩いてさっそく疲れた父が、どこか休めるところはないかと言う。私だってここに来たのは、入試と合格発表と今日で、三回目。何がどこにあるのか、さっぱり分からない。街からは離れているし、まわりを見渡しても、うっそうとした森ばかり。

正門の辺りをきょろきょろしていると、それらしきお店を発見！　店内には、幸い、あまり人影はないようだ。ラッキー。こんな穴場が、正門の前にあったとは！

真っ先に父が、走っていく。そして、入り口の張り紙を見るや、

「おーい。コーヒー、五十円だとお」

歓喜の声を上げながら、手招きをしている。母も、

「都会にしては、ずいぶん安いことお」

と、小走りだ。

ドアを開ける。インクの匂いが鼻を突く。広い店内には、大きな印刷機がグオーン、ブーンと音を立てている。

「あれえ、あれえ」

ぶつぶつ言いながら、父はそっと、ドアを閉めた。そして、恨めしそうに、張り紙を見ながら、

「ここに、コーヒー五十円て書いてあるのになあ、東京は分かんないなあ」

と、しょぼくれている。地方では、まだコピーが珍しかった時代。よく見ると、「ゼロックスコピー」と書いてあるのだった。

入学式がどんなだったか、お昼はどうしたのか、両親とどこで別れたのか、覚えていない。唯一、大学の入学式の思い出として心に残っているのは、あの飲めないコーヒーの張り紙である。

しばらくの間、通学の行き来にその張り紙を目にしては、あのときのことを思い出して、郷里の両親を身近に感じていた。間の抜けた思い出の中で、今でも父は照れくさそうに笑っている。

夜汽車

乗ったのは、あの一回。

大学四年の冬。卒論の見通しがついたところで、友人と二人、京都・伊賀への旅に出た。暇だけは、余るほどあった。

東京駅発、午後十一時五十五分。翌朝大垣に着き、各駅停車に乗る。

乗客は、まばら。作業着を着た年配の男性が、三、四人。汽車が動き始めるとすぐ、一様にワンカップを、ちびちびと飲み始めたが、国府津(こうづ)を過ぎたころには、みな寝入ってしまった。そこに、女子大生が二人。陳腐な取り合わせだったろう。

道中、通過駅のホームに薄ぼんやりと、静岡・名古屋の文字が見える。高校二年の修学旅行で、奈良・京都へ行って以来の、関西への旅だ。少しは、眠っただろうか。

六時四十分。終点、大垣に到着。京都行きの各駅停車に、乗り継ぐ。ホームには朝の光がきらきらとあふれ、女子高校生たちの明るい声が響いている。

「どこでも、みんな同じように、生活しているんだね」

友がふと、つぶやいた。

四十年前の、二泊三日の旅。回ったであろう社寺についての記憶は、おぼろげだ。その代わりに、二月の京都の、膝の後ろを刺すような、冷え込み。伊賀上野のお城から眺めた、枯れ野や、ある大学の、生協の壁に書かれていた「理想は高く、生活は低く」の文字。そして、あの夜汽車の窓に映っていた、二十二歳の不確かな自分の横顔……。そんなものばかりが、浮かんでくる。

後日談も、思い出した。

郷里の親に内緒で出かけたことが露見して、大目玉をくらい、名古屋駅のホームで買ったお土産を、渡しそびれてしまった。

あの「ういろう」は、どうしたんだっけ。

すあま

七夕。

予定日より一週間早く、産気づいた母は、早朝父の車の後部座席に蹲るようにして、運ばれていった。留守番は、私の他に二つ下の小学校二年と幼稚園の弟二人と、伯母の四人。

お医者さまは、女の子だと言っていた。弟たちとの缶けりや虫取りも楽しいけれど、これからは、一緒にリカちゃん人形で遊べる。

昼過ぎ。

「おなかが、すいたよう」

弟たちが、口をそろえる。急な騒動で、朝ご飯は、吹っ飛んでいた。すると、台所に立ったことがない（当時同居していた）「職業婦人」の伯母が、

「お赤飯を作る」

と、俄然、張り切りだした。二時間ほどして「お赤飯のようなもの」が出来上がったが、水加減を間違えたらしい。

伯母は、しばらくお釜をのぞき込んで唸っていたが、その顔がぱあっと活気づいた。流しの下からすりこぎ棒を取り出して、ここに砂糖を混ぜて捏ねてみるから、すり鉢を押さえていなさい、と言う。大股開きでこね始めた伯母は、あっという間に汗だくになって、選手交代。おもしろがっていた弟たちも、すぐに飽きてしまった。

空腹と暑さで、四人ともだんだん口数が少なくなる。おまけに途中から継ぎ足した「食紅」が、だんだら模様になって、ますます気味が悪い。捏ねるほどに、食べ物とはほど遠くなっていくような気がする。

思い切って、何ができるのか、伯母に尋ねると、

「すあま」

という。あのかまぼこ型の甘い餅菓子を食べたことを、思い出した。よし、この辺でと、捏ねすぎてきょときょとになった代物を、伯母は小皿に取り分けた。

「いやだと言っては、だめだよ」

弟たちに目配せするが、そういう自分も口に入れた途端、あっという間に吐き出してし

まった。それを見ていた弟たちも、解禁とばかり、

「なんだこれぇ！」

「うまくねぇ」

大きな声を上げた。伯母は、

「おおやだ」

とひとくち、自分も口に入れてみたが、

「これは、食べ物ではないわ」

と言って、大笑いした。

五十年以上も前の、妹の誕生日の味である。

おとうと

実家の奥庭が、ぽっと明るい。

一重の唐紅の椿の大輪が、一斉に花を咲かせている。その一輪を、黒い手捻りの花瓶に挿しながら、「炉開き」と、母は名前を教えてくれた。

子どものころ、隣家との境に、大きな椿の木があった。たくさんの薄ピンクの花をつける。

きれいなのに、咲きながら、朽ちる。花びらの縁が、だんだんと茶色になっていくのが、悔しかった。日が暮れて、

「ご飯だよ」

母に呼ばれるまで、二つ違いの弟と、その木の下で、どろんこ遊びをした。

「おねちゃーん」

女の子みたいな弟の声が、耳に残る。

小学校に上がった年の五月の連休。半日近く汽車に揺られて、上野動物園に連れていってもらった。弟とおそろいの白の麦わら帽子は、人混みでもどこにいるのか分かるようにするための、父のアイディアだった。

初めての東京で、弟がさっそく迷子に。父は、血相を変えて捜し回った。すると、

「白い帽子の、健(たけし)くんという五歳くらいの男の子を、保護しています」

という、場内アナウンス。

帰宅後、父は、その帽子をしばらく神棚に上げていたが、縁起が悪いと、いつの間にか捨ててしまった。

五年前の春彼岸は、父の十七回忌だった。中心になって準備を進めていた、弟。その年の秋、還暦を迎えるはずだったが、突然の病に倒れ、春が来る前に父のところに逝ってしまった。

一輪の赤い椿が、弟の写真を、明るく照らしている。

キアゲハ

七月半ば。梅雨の晴れ間。

洗濯物を干していたら、ピンクのフロックスに、小さめのキアゲハ。「なつやすみが来た!」と思う。大きなキアゲハが、もう一頭。今度は、開きはじめたユリのまわりを、ふうわりと。あのキアゲハの、子どもたちかもしれない。

五十五歳からの三年間。小学校に勤務した。

夏休みが間近い、ある日。廊下で三人の女の子に、話しかけられる。

「どんな虫が、好きですか?」

「派手な虫かな」

即座にそう答えてしまったのには、訳がある。

実家の土蔵の前に、高さ二メートルくらいの鉢植えの柚子の木がある。土蔵を背にして北風に当たらないところにあるせいか、真冬でも青々とした南国風の葉をつける。

この伸び伸びとした葉っぱが母は好きで、毎日眺めているが、日に日に葉っぱが少なくなっていく。よく見てみたら、見たこともないような、すごい青虫が、何匹も付いていたのだという。

「黄色と黒の縞模様の、たいした色の虫だよお、ぽてぽてしてえ」

「葉っぱ、コロコロ食べて、終いには、自分も鳥に食べられて、いなくなっちゃった」

電話の向こうで、母は大笑いしている。

調べてみると、それはキアゲハの幼虫、「ゆず坊」だった。阪神タイガースファンなら大喜びするような、黄色と黒の見事なシマシマ模様。そこに鮮やかなオレンジ色の、二本の角。大きいものでは、体長六センチくらいとある。見てみたい！　そんなに気持ち悪い虫。葉っぱをぜーんぶ食べきって、自分の姿が丸見えになって、挙げ句の果てに、格好の鳥の餌になってしまうような、まぬけな虫。そんなことが、あったばかりだった。

翌朝。件の三年生の女の子が、やって来た。いつにも増してお目々がぴかぴか。うれしそうに、息を弾ませている。

「連れてきました！　この虫でしょう」

葉っぱでぱんぱんにふくれた、ビニール袋を差し出した。よく見ると、にんじんの葉っぱの細い茎のところの黒い小さな点々が、僅かに動いている。

「キアゲハの幼虫です！」

ちひろさんは、胸を張った。

それから夏休みまでの、半月。仕事机には、キアゲハの飼育箱（昆虫用のプラスチックの透明なケース）が置かれた。十匹の幼虫は、旺盛に食べては真っ黒な糞を落とすので、底に敷いた新聞紙は毎日交換。餌の葉っぱ（主にミツバは、毎朝ちひろさんが、家の近くのバス停に生えているものを採ってくる）は、水を入れたヨーグルトの小さな瓶に挿しておくが、夕方までには、ほとんど茎だけになった。

最初は黒い点々だった幼虫は、日に日に成長。顔がはっきり分かるようになり、黄色と黒の模様もはっきりしてきた。

幼虫は、五センチくらいになると、さなぎになる場所を探してプラスチックの壁面を上り始める。木の枝代わりの割り箸を付けてみたが、余計なお世話だったようだ。体さえ固定できる高いところならどこでもいいらしく、ほとんどの個体は、ケースの蓋のメッシュのところで糸を吐き出していた。

観察を続けると、さなぎになる直前には、幼虫は大量の糞を出して体を一回り小さくしていることが分かった。それからあちこち動き回り、ここと決めた場所でさなぎになっていた。ケースの蓋のところでじっとし始めたのがいたので、指でそっとつまんで他の場所に移し替えようとすると、オレンジ色の角をV字に広げ、特有の匂いを放って威嚇した。割り箸にくっつけてやったものも、次に覗いたときにはちゃんと自分で選んだもとのところにくっついていた。

しかし、さなぎになる瞬間だけは、なかなか見せてもらえなかった。席を離れた二十分くらいの間に、あのどぎつい模様の上着をくちゃくちゃに脱ぎ捨てて、黄緑色の薄い衣に着替えていた。なりたてのさなぎを触ると、頭の方をぴくんぴくんと動かして、嫌がった。羽化のときも同様だった。気がついたら、きれいな黄色と黒の大きな羽を広げ、大変身していた。

休み時間になると、机の周りは大賑わい。一年生も、六年生も、一緒になって、

「でっけえ」

「お、怒った。くっせえ」

「あ、さなぎになってるう」

賑わいの真ん中には、ちひろさんの笑顔があった。

一学期の間に、羽化したものは、こどもたちと一緒に、池のある中庭に放った。キアゲ

ハは、羽が乾くのを待って、風に乗っていった。

夏休みの間は、家に飼育箱を持ち帰った。さなぎが数頭、まだ残っていた。

大学の夏休みで帰省中の娘が、絶対に羽化の瞬間を撮るのだとスマホを片手に粘っていたが、神秘の瞬間をとらえるのは難しく、朝起きてみると、蝶になっていた。調べたところ、朝方に羽化することが多いらしい。

四時起きして、娘とぼおっと眺めていたときだった。さなぎの背中の皮が、裂け始めた。次に、長くて黒い足がもぞもぞと出てきて、カマキリみたいに上半身を起こしながら、蝶がするりと抜け出した。わずか一分くらいの短い間の、大変身。

翅(はね)はねじれているけれど、あの幼虫のときと同じく、阪神タイガースカラーがベースの美しい模様が、徐々に広がっていく。

「すごいねえ、すごいねえ」

「見たねえ、見たねえ」

二人とも、息をするのも憚られるほどの静謐(せいひつ)な気持ちに、気圧(けお)される。

動画を撮るのも忘れたけれど、一緒に、本当に、見た！　朝方に羽化した我が家のキアゲハ一号は、昼前に、庭に放った。

「来年、帰ってくるんだよお」

あれから、十年。ちひろさんは、二十歳に。
来たよ。今年のキアゲハ、一号。絵はがきを、描く。

肆の章　かなかなの茶わん

コンタクトレンズ

近眼は、父親譲り。

高校一年からの、五十年間、お世話になっている。おふろ上がり、

「どうもありがとね」

と言って、おしまいにすることにしている。

当時は、ハードコンタクトレンズしかなかった。眼科で装着の仕方と外し方の練習を何度かしたものの、そうそう上手くはいかなくて、何度もえらい目に遭った。

授業中、後ろから肩を叩かれて振り返った時、首の動きに目玉がついていけなかったのか、右目のレンズは目頭の奥へ、左目のレンズは、目尻の奥へ、それぞれ深く入り込んでしまった。激痛である。目薬を注してみても、あらん限りに目玉を反対側へずらしてみて

も、レンズは出てこない。保健室と眼科医のお世話になった。

また、タンパク質除去液と保存液を間違えたこともある。レンズを入れた瞬間、目玉がじゅわっとなった。これもかなり痛かった。目玉に悪いことをしてしまった。二日間、春霞の空が、さらにかすんだ。

これほど違和感だらけのレンズなのに、頑張る訳は、ただ一つ。それは、メガネからの解放。漫画でもドラマでも、恋する主人公の女の子は、たいていは、メガネをしていない。普段はメガネでも、ここぞというときには、コンタクトレンズの出番だった。

大学のコンパの夜。

「どおれ、お店に入る前にコンタクトを」

とケースから取り出した途端、強風がびゅーんと吹いてきて、左手の人差し指の上に乗っけていた小さなレンズを攫っていってしまった。

「ああ、二万円！」

落胆するも、暗くて探しようがない。かくなる上は、片目のジャックで頑張るしかない。その頼みの一個も（風に持って行かれないように、壁際に張り付くようにして装着を試みたのだったが）、ビル風が上から降りてきて、また、風とともに去ってしまった。

「計、四万」

想定外の出費で心も沈み、メガネなしのコンパは、誰が誰だか見分けがつかないままに終わる。当時、ハードコンタクトレンズは一個二万円が相場だった。両眼で四万。約二年間は使えるけれど、学生には高価な代物だった。

昭和五十年代の初め頃になって、ソフトコンタクトレンズが登場した。ハードとは比べのものにならない装着感。違和感がほとんどなかった。

ある夜。花見の会で酔っ払って帰って来た父が、

「おれの目玉にも、入れてみろ」

と言う。目玉にも、度数やサイズがあるからだめだと言っても、言うことを聞かない。

「いいから、いいから」

せかされて、おもしろ半分、入れてみることに。

目をつぶってしまわないように、妹が上まぶたと、下まぶたを、押さえる。父は、天井を向いて、陸に上がった魚みたいに、口までぱくぱくさせている。レンズが目玉に、なかなか命中しない。

だんだん充血してきたので、やめようと言ったけれど、父は根を上げない。やはり、目玉のサイズというものはあるらしいなと断念しかけていたら、すぽりと入ってしまった。

見えるかと聞くと、今度は、

「痛くて何も見えないから早く取れ」

と言う。

「とんでもない目に遭った」

と言いながら、父はまた一杯飲んで、横になってしまった。

レンズの規格は一様なのに、なぜかぴったりと収まらない日がある。

そんな日は、あの晩のことを、思い出す。おとうちゃんの白目、ずいぶん黄色っぽかったっけなあ。

つきのさばく

父は、『月の沙漠』という歌が、好きだった。

残念なことに尋ねたことがなかったので、今となってはその訳は分からない。


小学生のころ。

日曜の朝になると、決まって父は、私の部屋の真下にあるオルガンで、この曲をぷかぷかと弾いた。

へたくそな間奏のあたりで、仕方なく起き出して、ぐしゃぐしゃの頭、半開きの目玉でそばにいくと、

「この歌、いいべえ」

父は、いつも同じことを言った。

「うん」

生返事をしながら、ぼおっとしている頭の中に、白い服を着た王子様とお姫様が、月明かりの中、果てしなく続く砂漠の丘を上って行く様子を思い浮かべて、朝らしくない歌だけれど、このさびしい感じは、なんだか日曜の朝に合っているかもしれないと感じていた。


父が、末期の肺がんと診断され、緩和治療のために使った薬のせいで朦朧（もうろう）としていたとき。病室の父の枕元で、小さな声でこの歌を口ずさんでみた。

「つきのーさばくをー、はーるばるとー」

のところまで歌ったときだ。

父も唇を動かして歌にはならない歌を、歌った。

懐かしくて、悲しい歌だった。

告別式では、きょうだい四人で相談して、この歌を流すことにした。

春にしては、空が真っ青に澄んでいる美しい日だった。たしか、陽光桜（ようこうざくら）という、早咲きのさくらが、ほころび始めていた。

父は、ひとりで、どこまで行ったろう。

らくだに揺られて、どこまで行ったろう。
お姫様が一緒でなくて、きっと、さびしい旅かもしれない。

クルミッ子

四月末。いとこから、電話が来た。

来週、心臓の検査入院をするという。病棟への手土産に、鎌倉・紅谷(べにや)の「クルミッ子」を持っていきたいが、この辺りでも買えるか、と言う。

車で一時間の県内唯一のデパ地下に、たまに置いてあるのを見かけたことはあるけれど、入荷は不定期。当てにはならないから、

「頼りはオンラインショップかなあ」

と、答えると、

「いつも、完売なのよ。販売開始の十時にポチったって、だめなのよ」

ふむ。入手困難のレアものとな。どんなお菓子か分からないけど、ここは何としても手

に入れねばと思う。五十になるまで横浜に住んでいた彼女には、このクルミ入りの小さな洋菓子は、なじみの味らしい。

「リスが木の実をかじっているイラスト入りの包み紙も、かわいいのよ」

ますます、闘志が湧いてくる。

小学生のころ、年末はいつも丘の上の彼女の家で過ごした。遠くに横浜港やマリンタワーが見えた。同い年ということもあって、一緒にいるだけで楽しかった。

おせち作り（特にイカめしづくり）の手伝い、トランプの「ダウト」。そして、早口言葉。

「ナンヨノバナナガ　ピーナッチョ　パーナッチョ」

口に出してみると、はしゃいでいる自分たちの姿が、浮かんでくる。

大学生活の一年間。この家にお世話になって、渋谷まで東横線の満員電車に揺られて、通った。

一緒に、恋もした。海を見下ろす石段に並んで座って聞いた、除夜の鐘代わりの、船の汽笛。ぼおーっ、ぼおおっー。

「ね、好きな人、いる?」

「うん、ひろみちゃんは?」

きりっとしまった夜気の中に、点滅するマリンタワー。二人で聴いた石川セリの、甘ったるい歌声。


生まれ故郷で最期を過ごしたいという母親の看護のために、彼女が近くに引っ越してきたのは、二十年前。その伯母は十年前、他界した。そして、私たちも、六十半ばを過ぎた。

週末、出かけたついでに鎌倉まで足を延ばしてみようと思う。

「クルミッ子」、連れてくるからね。

かなかなの茶わん

「これも、今のうちに返しておくから」

以前伯母に贈った茶わんが、「里帰り」するようになった。

伯母は、大正十五年生まれの、九十六歳。車で五分くらいの、同じ町内に住んでいる。

生涯独身。四十年間、実直な学校事務員として働いた。

瀬戸物屋の娘に生まれたせいか、茶わんに目が利く。早春には、山形、平清水（ひらしみず）の残雪。

初夏には、愛媛の砥部（とべ）。季節ごとの茶碗に注いでくれるお茶は、とろりとして、旨い。

趣味は、草取り。六十を過ぎたころに大病をして再び元気を取り戻して以来、樹木や草

花から力をもらっていることに気がついたという。

「人間は土から離れたんでは駄目なんだ。一日一回は土に触らないと」

が、口癖。足腰はそれなりだけれど、毎日、芝生や玄関前の雑草取り、石のところのこけ剝がしなどをして、いい汗を流している。

夏草との果てない戦いとともに、伯母の最近のマイブームは、「断捨離」。コロナ禍も影響しているかもしれないけれど、五年前の冬、私の弟がインフルエンザで急逝してからは、この先はいつどうなるかは分からないという思いを強くしている（亡くなった弟は、仕事の行き帰りに伯母のところにちょこちょこ顔を出したり、そこで弁当を広げたりしていた）。

伯母から新茶の誘いが来たので行ってみると、玄関の上がりかまちのところに大きな紙袋が置いてある。また「里帰り」の茶わんたちだ。

「今日のも、きっと覚えてると思うよ」

早く開いてみたらと、伯母はうれしそうだ。結婚式場の名前が入った大きな紙袋の中には、三つの木箱が入っていた。

一つ目の箱には、見覚えがあった。蓋には、「九谷焼　小茶器」とある。裏返すと、「昭和五十七年七月二十七日　加賀市　久谷窯にて」という、当時二十六歳だった私の字。

夏の職員旅行で、輪島や東尋坊、兼六園などを巡ったときのお土産。出かける前から、伯母には古九谷の玉露の茶器と決めていた。九谷焼はきらびやかな印象のものも多いけれど、地味で落ち着いた色合いのものもあることを伯母から聞いていた。

当時は、「サロンバス」というのが流行っていた。バスの後部がキャバレーみたいになっていて、「コ」の字型にふかふかのソファーが配置され、天井では、ミラーボールが回っていた。カーテンさえ引けば、いつでもどこでも、夜。宴会場に早変わり。

このバスがいけなかった。出発する前から、熟年男性軍が立て続けに祝杯を挙げはじめ、走って三十分も経たないうちに、トイレ休憩。一時間後には、お酌をさせられていた。今なら、立派な〇〇ハラだろう。

こんな調子だから、立ち寄る予定だった「上時国家（かみときくにけ）」も「下時国家」も、そんなところどうでもいいからと、すっ飛ばされてしまう。もっとも、この飲んべえたちを連れて重要文化財の中に入る方が、大変だったと思う。

そうこうしているうちに、次は、いよいよ窯元。ここだけは死守せねば！　案の定、酔っ払いたちは、

「茶わんなんか、見ても仕方ない」

口々に、言い始める。こうなったら、運転手さんに止まってもらうしかない。

「五分でいいのでお願いします」

頼み込んで、一人、バスから降りて、走って店内に駆け込む。店員さんの、

「いらっしゃいませ」

の声にちょこんとだけ頭を下げて、店の奥へ走る。いい茶わんは店の奥にあるはず。店員さんも、小走りでついてくる。果たして、これぞと思う茶器がショーケースの中にちんと納まっていた。それを急いで包んでもらい、五分の後には、包みを胸に抱えて座席に戻っていた。その早業の茶わんだ。

買ったときには品定めする時間がなかったけれど、伯母は藍で小坊主が描かれたこの玉露の茶器を気に入ってくれて、何度かお茶を淹れてもらった。ひとつひとつ手書きのお坊さんは、楽しそうな顔をしていたり、ひょうきんな表情に見えたり、見比べながらお茶を飲むのは、楽しかった。

二つ目の箱は……。

伯母は自分が退職したとき、私からもらったものだと記憶しているようだったが、包み紙を一目見て、それは違うと分かった。

色はだいぶとんではいるものの、包み紙には「横浜　オカダヤ」の文字。この中に入っているのは、あの日、伯母と一緒に最上階のレストラン街で昼食を済ませ、下ってきたエスカレーターの真ん前に飾られていた、桜の模様の薄手の陶器の茶器だ。

昭和五十七年、二月。引っ越しを控えていた。三月末には藤沢の学校を退職し、福島に戻って新年度から福島の中学校の教員となり、秋には結婚することが決まっていた。しかし、細かな行き違いなどがあって、どんより気持ちが沈んでいた。両親には言い出しにくかった。

そんな二月の、日曜の朝。藤沢のアパートに、当時五十代後半だった伯母が訪ねてきた。新幹線のない時代。東北本線、山手線、東海道線、小田急線を乗り継いで、一人見知らぬ地までやって来てくれたことを、思う。夕べは横浜の親戚の家に泊めてもらって、朝一番で来たという。

お茶を淹れる。伯母は、詳しいことは何にも触れずに、

「結婚するからって、有頂天になっているようでもしかたないから」

伯母なりの励まし方で、私の複雑な気持ちに寄り添ってくれた。

明日は仕事だから、午後三時には上野に着かなければならないという。せめてお昼をごちそうさせてと伯母を連れ立って行ったところが、横浜駅西口にあったデパートだった。何を食べたのかは覚えていない。

心配して遠くまで来てくれた伯母への感謝の気持ちを込めて贈ったのが、このさくらの茶わんだ。きれいな桜吹雪の模様が伯母の心遣いと重なって、茶器の前で目が潤んだことを思い出す。

そして、一番下から出てきたのが、「かなかなの茶わん」。

会津本郷、富三窯の椿の模様の茶わん。箱をひっくり返すと「昭和五十五年四月二十九日　本郷町　佐竹富三宅より」の伯母の文字が見える。大ぶりな赤い（オレンジがかった）椿、白い椿が淡い色合いで、茶わん全体に描かれている。

退職まぎわの五月の連休。

伯母は勤めていた小学校の同僚三人と連れ立って、会津の「御薬園」を訪れていた。いい天気で、連休の賑わいを撮ろうとテレビ局も来ていたという。それからお目当ての、本郷焼の窯元へ。富三窯にお邪魔すると、ちょうど窯出ししたばかりで、作品がずらりと並んでいたそうだ。さっそくこの茶わんに目を留めていると、奥さまが出てきて、

「主人は、いいのができるとすーぐに隠しちゃうんですよ」

と笑っていたという。どうかこれはしまい込まないで譲っていただけないかとお願いして求めてきたものだという土産話を聞いていたとき、テレビの画面に伯母の顔が大写しになって、驚いた。

翌日、職場に行くと、

「昨日は、いいところに行ってましたね」

口々に、ひやかされたそうだ。ここまでがこの茶わんの一連のエピソードとして、何度

か聞いている。

伯母は、季節ごとに茶器を入れ替えては愉(たの)しんでいるが、この紅白の椿の茶わんの出番は、冬ではなく、送り盆が済んだころ。伯母は、「かなかなの茶わん」と呼んでいる。

「この茶わんの赤い色見ると、さびしくないから」

そう言っては、夏越(なごし)のとろりとしたお茶を淹れてくれる。

いっときの盆の賑わいが去ったころ、ひぐらしの声がいっそう大きくなる。

かなかなかな。

ひっそり閑(かん)となった茶の間に、染み入るように。夕方の湿り気を纏って。

かなかなかな。

その音が、耳元で次第に増幅されていく。

「どこかにいい国があるんだって、鳴いてるんだと」

山村暮鳥(ぼちょう)の詩の一節を引きながら、伯母は遠い目をする。

「もう十分愉しませてもらったから、今のうちにやっておくから」

思い出ごと、譲り受ける。

「また、いいのが出てきたよお」

誘いの電話がくる（我が家の八畳間は、「里帰り」の品々でいっぱい）。

「来たよお」

声を掛けると、伯母が庭仕事から上がってくる。陽に焼けてやまんばみたいだけれど、いい顔だ。

「ちょうどひと区切りついたところだ。どーれ、お茶にすっぺな」

茶筅筒の前には、また大きな紙袋がひとつ、置いてある。

あじさい

苗木に花が咲いた、という。

「すごいよ。全部だよ。土にずぼずぼ、挿しておいただけなのに」

電話の向こうから、母の興奮ぶりが伝わってくる。

五月末。母は玄関先のつるバラの木陰に、ガクアジサイの茎を一〇センチぐらいに切り取ったのを、地面に十本そのまま突っ込んでおいたのだそうだ。発根促進剤もなしに、ダメ元で、と。それが、今年の長梅雨ですべて活着したから、早く持っていって、庭に移植するといいとのありがたいお話だ。

車で五分、実家へ。樹高三〇センチほどの苗木たちは、五〇センチ四方の狭い地面から、われ先に木漏れ日を捕まえようと、背を伸ばしている。ピンク、青、紫、白。四種のちびっこ苗木たちが、小ぶりだけれど清清とした花を、それぞれ一輪ずつ付けて。

「これ、墨田の花火？」

「んだよお。ずっと前に、鶴ケ城のところで買ったやつ」

二十年くらい前。ガクアジサイが、まだ珍しかったころ。母を連れて、夫と三人で会津までドライブに出かけた。お城のお土産屋さんの店先にあったこの手まり咲きのあじさいに、母はひとめぼれ。

「墨田の花火」。よくもつけたりという名前だ。命名大賞というのがあったら、最優秀賞間違いなしのネーミング。東京の夜空を焦がす大花火なんて見たことはないけれど、ぴったりだと思った。帰路、約一時間半。後部座席で母はこの鉢を抱えて、ご満悦だった。その子どもたちである。

小雨のなか、母は、苗木の根元を円形にざっくざっくと掘り上げ、新聞にくるんでくれた。

「お母ちゃん。ふるさとの土もつけておいてよ」

実家の玄関先の黒土つきの苗木が三本、我が家に引っ越してきた。

四月下旬には、「やしおツツジ」が、我が家にやって来た。

夫の知り合いの七十代半ばの庭師さんが、動けるうちに庭木の断捨離をするからもらってくれないかと言う。小柄な庭師さんは、ひょいと軽トラックの荷台に飛び乗って、二十年ものという木を、二本選んだ。高さは私の身長くらいある。

山の木だから育てるのが難しいとは聞いていたけれど、あのピンクの蝶々がいっぺんに何頭も留まっているようなのを一目見てから、いいなあ、ほしいなあ、でも、ずいぶん高いなあと諦めてきた木だ。

庭師さんは、地に下ろした根っこの周りを、地下足袋でぎゅっぎゅっと軽快に踏みながら、

「ま、二本に一本は枯れっけど、五年くらいは楽しめるかな」

白い歯を見せた。

前日。このやしおさまのために、庭にはびこっていたあじさいを数本、北側の土手に移植しておいた。真ん中のごぼう根がなかなか抜けなくて、引っ張ったときにしたたかお尻の骨を打った。このあじさいは、我が家の子どもたちから「母の日」にもらったのを土に下ろしたものだが、花をつけた試しがない。世の中には、そんな品種もあるものなのかと、職場の同僚に尋ねてみたら（聞いた相手が悪かったのだと思うが）、

「あじさいには、オスとメスがあるらしいよ」

とか、

「オリーブも、ブルーベリーも、そうだってよ」

いう答えが返ってきた。本棚にあった『はじめての花木・庭木』を開いてみればいいものを、面倒がっていた。この際、プロに聞いてみない手はない。

「だめだあ、こんなに切り詰めては。咲かないよ。前の年、伸びた枝に花芽がつくんだから」

木は剪定するものだと思い込んで、毎年自己流にコロコロと刈り上げて痛めつけていたばかりか、「葉っぱだけあじさい」なんて呼んでバカにして、申し訳なかったと思った。似たようなことを、植物以外にもしているかもしれないと思うと、気持ちがしぼんだ。時に、庭仕事は、自省の時間だ。

移植から二か月。北側の「都落ちあじさい部隊」はぐんぐん葉を伸ばし、茂みを作っている。こんもりとした分、蚊のお宿にもなっているようだが。でも、来年花を見るために、今は我慢だ。

「我慢」といえば、二月以来、外出がままならないときがあった。こういうストレスには強い方だという根拠のない自信があって、四月、五月は「おうち時間」を上手に過ごせていると、思っていた。趣味の手芸や、庭仕事（ちょうど春先で庭に出るのが愉しかった）に夢中になっていると、あっという間に夕食の準備の時間が来た。広い景色を目玉に入れたいときには、近隣へのショートドライブ。車なら、「三密」にはならない。

しかし、はたと、エンコした。ワンピース……。暇に任せて何着も作ってはみたものの、はて、着て出かけるところは、あるんだろうか？　材料を苦労して集め（ネットで粗悪なガーゼを摑まされたりもした）せっせと作って、あっちこっちに配ったマスク作りも、急に熱が冷める。

目の前の草を取る、これが無心になれるんだよねえ、草むしりは哲学だ、なんてうそぶいていたけれど、梅雨時の生育旺盛な雑草を前に、一気に、戦意喪失。万歩計が千歩いかない日々が続いた。母からのお裾分けがきたのは、そんなときだった。

苗木を植えた記念に、久しぶりに筆を握ってみようという気になった。「あじさい・歌」と検索すると、五木ひろしの「紫陽花」がヒット。ユーチューブの画面では、夢二の絵に出てくるような女の人が、うつろな眼差しですだれに寄りかかっている。違う。次に、「あじさい・短歌」で、再検索。と、一首に、目が留まる。


廃駅をくさあぢさゐの花占めてただ歳月はまぶしかりけり　　小池　光

何年も人の手が入っていない山合の駅が浮かぶ。あっちこっち草ぼうぼうだけれど、ホームの向こうの斜面には、くさあじさいの花が群生している。作者は廃駅に佇んで、ここにひと時代のあったことを思い起こしているのかもしれない。いいことも、そうでなかったことも……。下書きなしの一発勝負で筆を動かしていたら、実家の床の間に掛かっていた掛け軸を、思い出した。

昭和三十九年。東京オリンピックの年に立て替えた家は、当時町では珍しい鉄筋コンクリートの二階建てだった。

父は、仕事から帰ると毎晩のようにマス目入りの厚紙に線を引き、カッターで切り、ボンドで貼り付けて、設計図どおりに実物の何十分の一かの模型を作っては、ご満悦だった。

「屋上が、できるんだぞお」

お酒も、進んだ。やがてその屋上には、洗濯物干しの他に、フクロウ小屋や、弟が作ったベニヤ板のベッド（上に乗ったらすぐに、壊れた）やらが置かれる。夏休みには、父が学校から持ち帰った理科の実験道具（ビーカーや試験管、ロート）を洗ったものがきちんと一列に並んで、お日さまにきらきら光っていた。

その脇に、ビニールプールに水を張ってもらった。屋上は半分屋根付きだったから、日焼けしないで水遊びができるのは、肌の弱い私には、ありがたかった。スイカをべちょべちょにしながら食べても、ここでは叱られなかった。

水遊びに飽きた午後は、屋上と廊下を隔てた畳の部屋で、弟二人と昼寝した。マットレスを逆V字に立てて高とびの練習をし、首筋を痛めたのも、この八畳間。はしかにかかって、一人寝かされていたのも。この部屋ではよく寝っ転がっていた。その視線の先の床の間に、下がっていたのが、あの掛け軸だ。小学二年から、高校を卒業するまでの十年間、壁の模様みたいな掛け軸はそこに、ずっとあった。文字のところが白抜けして、まわりに黒いぽちぽちがあったから、今にして思えば、拓本だったのだろう。白抜けした文字は、さびしく見えた。


かたはらに秋ぐさの花かたるらくほろびしものはなつかしきかな　若山牧水

あのころは、「おっかない」ので友達にも有名だった「ばばちゃん」も、健在だった。父も、上の弟も、いた。まだ家族に「ほろびしもの」は、誰も、いなかった。

この軸の持ち主は、当時同居していた父の姉（若いころは戦争中で、結婚しなかった）。よほど気に入っていたらしく、後年、拓本をなぞったものを刺繡したテーブルセンターをこしらえている。この作品は、数年前、伯母から譲り受けた。自分でもよくこんな細かい仕事よくやったと思うわと、懐かしそうに眺め、風呂敷に包んでくれた。

思い出しついでに、タンスの引き出しの「昔コーナー」を探ってみたら、件の伯母の作品が出てきた。少しずつ異なる緑の刺繍糸の濃淡に、この歌に触れたときの伯母の気持ちが重なっている。下の句の糸密度はだんだんに薄くなって、かすれんばかりだ。

伯母がこの作品を作っていたのは、私が大学生のころだったから、五十歳を過ぎていたろうか。伯母は学校事務員を定年退職後、実家から少し離れた隈戸川沿いの川原に家を建てて移り住んだ。

子ども時代、同居していた伯母は、私たち四人きょうだいの、もう一人の母でもある。母に甘え、叱られると、ひょいと伯母のところに逃げては、ちゃっかりおいしいお茶を淹れてもらったりしていた。

専業主婦だった母は、今年、九十一歳。職業婦人（当時はそんなふうに言っていたか）だった伯母は、九十六。二人とも足腰はそれなりだけれど、庭に出て季節の花を眺めたり、ひょこひょこ出てくる草を抜いたりしては、それぞれにいい汗をかいている。

「デショウジョウの子がいっぱい出たから、採りに来なよ」

今度は、伯母からの電話だ。ショウジョウ？

「すぐ行くよ。新茶、飲みたいな」

ぶるん。

心のエンジンが、かかる。

『眠る杯』に寄せて

小学校の校歌に、「西にひいずる那須の峰」という、一節があった。

高学年ともなると、歌詞の意味を考えるようになって、どうして「西から陽が出る」のか、気になり始めた。

難しい言葉だらけの校歌のセカイには、子どもには分からないことがあるのだろうと納得することにして、そこだけは、少し小さな声で歌っていた。

それが「秀ずる」だと分かったのは、高校生になってからだ。

長い間、思い込んでいたことが、実は違っていて、新しい発見でもしたかのように、目からうろこが落ちることがある。

向田邦子さんのエッセイ集『眠る杯』。酔いつぶれて、眠り込んでしまった父親。その飲み残しの酒が、ゆったりと、重く、けだるく、杯の中でとろんとしている。その様子を見た作者が、『荒城の月』の一節の「巡る杯」を、「眠る杯」と覚えてしまったという、味のあるエピソード。

また、『嚙み癖』の、「子供の時分は、爪だけではなく袂からセルロイドの下敷きまでかじっていた」という、書き出し。小学生のころ、よく鉛筆の頭を嚙んでは、ボコボコにしてしまっていた私にも、覚えがあった。こういうことが書けるいさぎよさも、爽快だった。

彼女の文章の、おしまいの数行が、特に好きだ。そこには、彼女一流のなんとも言えない、切なさみたいなものが漂う。それまで浸っていた世界から、一気に解き放されて、しばらくは、次のページに進めない。

作品の時代背景も、心惹かれる。そこには、『字のないはがき』に描かれているような、父親がいる。俵万智さん流に言うならば、「優しさをうまく表現できないことが許されている」世代。

夕方五時のオルゴール。それが鳴り終わるまでに帰宅しないと叱られた、子どものころを思い出して、鼻の奥の方が、少しツンとなる。

ふらんすへ行きたしと思へども

男女別学の、最後の世代である。

女子校に通っていた。ご多分に漏れず、先生に恋をした。男性教師には、ことごとくファンがいたという、幸せな時代である。大学を出たばかりの数学の先生は、私たちが卒業するのを待って、同級生の一人と結婚した。五月の連休のことだ。驚いた。難敵の数学の時間に、思いもよらぬことが進行していたものだ。

どうりで、その子（A子とでもしておこう）は、先生から特別扱いをされていた。前から順に、指名されるとする。そうすると、先生は、A子をとばす。横一列を指名するとする。やはりA子のところをとばして、その隣が指名されるという具合にあまりにもあからさまなので、噂にはなっていた。

数学の成績が振るわないばかりに、消去法で私文系を選択せざるを得なかった私にとっては、まさに驚愕に値する出来事だったが、世の中は自分の価値観だけでは動いていないということだ。まあ、無事に結婚されたことだし、もともと外野が文句を言う筋合いではない。

上級生に恋をしている同級生もいた。女子校の女子校らしい「流行り病」だ。確かに、背の高いバスケット部の短髪がよく似合うボーイッシュな先輩はかっこいいなと思ったが、それだけのこと。誰かに恋をしているという状態を喜んでいるような、年頃だった。

そのころ、古典のT先生と購買部のお姉さんの噂が立った。

先生は妻帯者であった。しかし、そういう噂を聞くと、T先生がなんだか色めいて見える。秘密の匂いは、その人を謎めいた存在へと変える。謎めいた人は気になる。このようなプロセスを踏んだからかどうか分からないが、俄然、先生のことが気になり始めた。

そうなると、一気に先生の授業に集中するようになる。何しろ私という存在を、認知してもらわなければならぬ。一学年四百人。全校で千二百人いるＪＫの中で、秀でた存在にならなければならない。

しかし、恋とはすさまじきモノ。頼まれなくても、勉強をする。勉強するから、古典が楽しくなる。古典が得意だと思い込む。古典の時間が来るのが待ち遠しくなり、教科書に西城秀樹のカバーをつけたりする。これは私の最上級の教科への敬いの証でもあった。

先生が、ねちねちしている紫式部よりも、はっきりしている清少納言が好きと言えば、同感だと思う。かくて『枕草子』は我がバイブルと化し、学級日誌にまで、

「にくきもの。暑き日の陸上。我、短パンを履きて奮闘す。」

などと書くようになる。

一方、光源氏なんていやらしい男が、あっちこっちに夜這いするような物語を書いた紫式部という女が、理解不能になる。いいのだろうか、こんな色事を堂々と教科書に載せて、とも思う。

嫌いなものは、勉強しない。このように『源氏物語』からの逃避を正当化し続けていたら、その年に受験した大学入試でことごとく件(くだん)の物語が出題され、頭を抱えるはめになった。紫式部を軽んじていたら思わぬしっぺ返しが来てしまった。

また、先生が語る「無常観」についての授業は、圧巻だった。『平家物語』の世界に、心酔した。そして、京都への修学旅行の自由行動では、迷わず「大原コース」を選んだ。

私の半ば強引な口車に乗せられて、我が班は京都の町からはるかに離れた山裾の大原に行った。友達が三千院の変わった仏像を拝んだり、柴漬けを買ったりしている間、ひとり

寂光院の前で感慨無量となり、ここで建礼門院徳子が……と大袈裟に絶句していた。先生の影響は、かくも大きい。

進路選択に当たっても、迷わず私文系の先生の出身校を選んだ。不純な動機である。親は公立大学への進学を夢見ていたようであったが、それは親故に客観的に自分の子どもの特性を受け止められなかったせいだ。今思えばごめんなさいだが、過ぎたことはどうしようもない。数学ができないことは致命傷だった。

渋谷の街を歩きながら、

「ああ、ここは東京なんだ。先生の母校に入学するということは、東京に来ることだったんだ」

と、実感する。目の前には、大きなスクランブル交差点が広がっていて、今までの生活ではおよそ無縁だった人々の群れが、ビルの間から生まれたり、吸い込まれたりしていた。あとになって、ようやく事の意味に気がつく。この類いのことが、幾度もある。私には大切なことを見極め、見通しを持つという力が欠落している。

大学時代は先生とは無縁に過ぎたが、三度ほど偶然会ったことがある。

一度目は、正月の帰省を終えて上京する、電車で。大学ではちゃんとがんばっていますのようなことを、しゃあしゃあと語ったように思う。本当は目標を失いかけていたのに。

二度目は、友達と出かけた小旅行からの帰り、同じ電車に乗り合わせた。夕ご飯まで、ごちそうになった。大学生の小遣いでは入れないような高級天ぷら屋さんに連れていってもらい、お酒までお伴させていただいた。

三度目の出会いは、それからずっと後（二十年後）のことだ。

高校入試で生徒を引率して行った先の高校で。先生は教頭先生になっていた。一時間目の「国語」の試験が終了すると同時に先生が引率者控室に入ってきて、たった今終わったばかりの問題用紙を、恭しく控室のホワイトボードに貼り付けた。みな一斉にその張り紙に釘付けとなったが、問題用紙を貼り付けているその見覚えのある背中に、どきんとした。顔から火が出そうになりつつも、先生に声をかける。この間のしどろもどろのやりとりは忘れた。

二時間目のテストが終わったとき、先生が声をかけてくれた。

「おまえ、古典のテストの解答用紙の裏に、詩を書いてくれたろう」

ええっ、何だって、おいおい、何を血迷ってそんな大胆なことを……。当時の現場を検証すべく、頭が急速回転を始める。すると、動揺を察知した先生は、

「萩原朔太郎の詩、書いてくれたろう」

と懐かしげに、遠くを見ながら言った。

萩原朔太郎。高校生のころ好きだった詩人。じわじわとよみがえってくる。書いた、書いた。『旅情』という一番気に入っていた詩を、解答用紙の裏に書いた。

ふらんすへ行きたしと　思へども
ふらんすは　あまりに遠し

しかし、それは勉強のしすぎで古典のテストが思いのほか早く終わってしまったので、時間つぶしのために書いていたのだ。書き終えて消そうと思っていたところで、テスト終了のチャイムが鳴ってしまい、そのまま提出した。言い訳ではない。自分に都合のいいことは、ちゃんと覚えている。でも、先生はあの詩をどんなメッセージと受け取ったろう。だとしたらあの三度にわたる邂逅(かいこう)を、先生はどのように受け止めていたのだろう。ああ、恥ずかしい。これまた顔から火が出そうだ。

長い長い入試の一日が終わって外に出ると、控室の窓から先生が笑顔で手を振って見送ってくれた。私も大きく手を振り、お辞儀した。

それからまもなくのことだ。先生が急に亡くなられたという知らせが届いた。教頭職でお疲れだったのだろうか。窓から手を振って見送ってくれた笑顔がさわやかだったぶん、唐突な別れが信じられなかった。お焼香に購買部のあのお姉さんもやってくるのだろうか、そんなことをふと思った。

葬儀は、先生の家の近くのお寺で執り行われた。四月のちょっと冷たいけれど、春の匂いをきっちりとはらんでいる風が、時折、吹いていた。境内から見えた先生の遺影が、

「来たな」

いたずらっぽく、ほほえんでいる。

「先生のおかげで、今、先生と同じ道を歩いています」

と伝える。不純な動機が一生の仕事になりました、とも。

先生は、急にあまりに遠いところに行ってしまわれたが、今ごろは新しい背広を着て、気ままな旅に出ているのかもしれない。汽車が山道を行くとき、水色の窓辺に寄りかかって何か楽しいことを考えているかもしれない。

先生のちょっとシャイな、少年みたいな笑顔が、浮かんでは消える。

あとがき

本書には、二〇一二年から二〇二一年までに書いたものの中から、家族のことを書いた作品を中心に、三十七篇を集めました。タイトルは、わたしらしい、わたしの家族らしい思い出を書いた、『筆入れ大臣』にしました。

幼い頃、給料日に、父が毎月一冊の絵本を持ち帰ってくれたこと。小学校の担任小川ハルミ先生が、物語を書くことの楽しさを教えてくださったこと。高校の担任の故 室井大和（元日本現代詩人会会員）先生が、新学期、黒板に、自作の詩を書いて励ましてくださったこと。そして、退職してから通い始めた「エッセイ教室」の花井正和先生（元朝日新聞社書籍編集部部長・早稲田大学エクステンションセンター講師）に、かけがえのない一場面を文章にまとめる楽しさを教えていただいていること。幸せな出会いに、改めて、心から感謝しています。

書いた時期や、作品のテイストもさまざま。

「その、バラバラ感も、いいでしょう」

と、四つの章立てをしてくださった、編集の小崎美和さん。丹念な校正から製本に至るまで、親切に対応していただきまして、本当にありがとうございました。

最後に、この本を呼んでくださったみなさんに、心からの感謝を込めて。ありがとうございました。

二〇二三年五月

後藤　さとみ

[著者略歴]

後藤 さとみ（ごとう さとみ）

1956年生まれ。

國學院大學文学部文学科卒業。『月の沙漠』「第４回恋文大賞」文章部門優秀審査員賞受賞（2013）。『筆入れ大臣』「第68回福島県文学賞」エッセー・ノンフィクション部門奨励賞受賞（2015）。

筆入れ大臣

二〇二三年五月三十日　初版印刷
二〇二三年六月十八日　初版発行

著　者　後藤さとみ©
発行者　川口敦己
発行所　鉱　脈　社
〒八八〇－八五五一
宮崎県宮崎市田代町二六三番地
電話　〇九八五－二五－一七五八

印刷　有限会社　鉱　脈　社
製本　日宝綜合製本株式会社